財神門徒

之5

三足鼎立

劉晉成 著

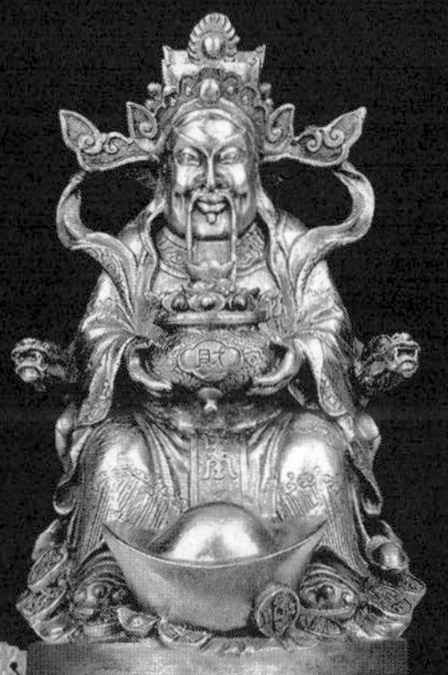

財神門徒

目錄

第一章

萬丈深淵

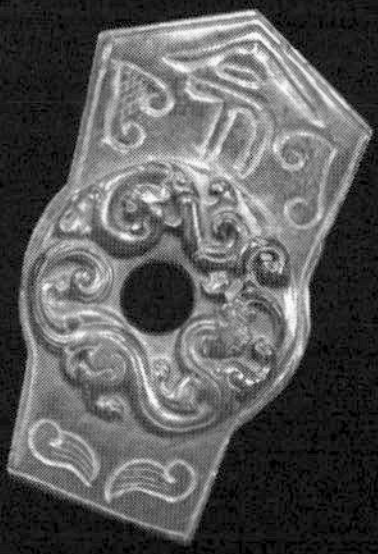

魏國民沉默了一會兒，陷入了沉思。

他在感覺到自己中了姚萬成的圈套之時，已給總部的李總打過了電話。

李總是他多年的朋友，他相信李總會幫他

可沒想到姚萬成要比他想像得更加心狠手毒，直接將他打入了萬丈深淵，根本不給他還擊的機會。

近段時間，在林東和倪俊才的共同努力之下，國邦股票的股價每天都在創出新高，已經突破了五十元的價位。林東起初定的目標價位是四十五元，現在已經超過了，他已經在開始逐步減倉。

因為各路資金的湧入，國邦股票每日的成交量非常大。所以雖然林東在暗中出貨，倪俊才也沒能發覺。即便發覺了，倪俊才也不能拿他怎麼樣，畢竟只有百分之三十的倉位是在他們達成的協定之內的，剩下的百分之七十，林東愛怎麼玩就怎麼玩。

目前他已將手中百分之七十的貨出掉了一半，剩餘的一半也會在接下來的一周內出完。他現在擔心的就是質押在楊玲營業部的百分之三十的貨。他有了想法，可就是不知楊玲願不願意幫他，那畢竟不是一個小忙。

汪海一早親自來到了倪俊才的公司，這還是破天荒第一次。

倪俊才並不奇怪，也沒擺出什麼迎接的陣勢，就讓汪海先在他的辦公室坐坐，說他手頭還有些事要處理。汪海不以為忤，笑著說讓倪俊才忙，他可以等會兒。

如今倪俊才已經將國邦股票從最低三塊錢炒到了五十多，股價翻了十幾倍。汪海對於這個能人，當然不能再像以前那樣動輒訓罵呵斥。他得學會尊敬倪俊才。

汪海足足等了一個小時，茶都喝淡了，倪俊才這才進來。

「哎呀，汪老闆，不好意思，我太忙了，您今天來是……」倪俊才問道。

汪海笑道：「老倪，國邦股票的股價還能再升嗎？」

「咱業內有句話叫『漲無頂，跌無底』，股價沒有最高，只有再高。汪老闆，您問這個是啥意思？」倪俊才敏感地感覺到汪海的貪欲還不滿足。

「國邦股票現在那麼好，要不破六十之後先別出，再看看，看能不能破七十八十。」汪海試探性地問道，這比他做地產還賺錢，早知道他就多投點錢了。

倪俊才弄明白了汪海的來意，沉聲道：「不是沒有可能，但拿的時間越久，風險越大啊。」

「七十！到了七十咱就收手，怎麼樣？」汪海問道。

倪俊才沒有直接回答，而是問道：「萬老闆的意思呢？」

汪海笑道：「我的意思就是他的意思。」

倪俊才點點頭：「既然兩位老闆都是這個意思，那我當然沒意見。」

汪海站起身：「老倪，我走了。幹好這一票，到時候多分你一成的紅利。」

倪俊才嘿嘿一笑，將汪海送上了車。回到辦公室，樂得笑了好一會兒，多給一成的紅利，汪海還真是大方啊！這樣一來，倪俊才動力就更足了，揉了揉太陽穴，想一想還有哪些人是可以幫得上忙的。

這時，周銘滿面春風地走了進來，問道：「倪總，咱啥時候出貨？」

倪俊才擺擺手：「不急，再等等。到了七十就出貨。」

「啊？」周銘心知計畫有變，問道：「會不會太冒險了？」

「有啥冒險的，那麼多資金瘋搶國邦股票，不缺給咱抬轎的人。我估摸著到七十也就個把星期的時間，應該沒什麼風險。」倪俊才道。

「那好，我出去做事了。」周銘起身。

倪俊才笑道：「你最近春風得意啊？」

周銘的確是心情不錯，自從他與章倩芳好了之後，每天上班看到倪俊才就像是看到了一隻老烏龜，倪俊才的禿頭上好似無時無刻都帶著一個綠帽子。

「對了，」周銘像是想起了什麼：「林東開始出貨了，我的眼線告訴我的。」

這是林東故意讓周銘放出的風聲，目的是讓周銘獲得倪俊才更多的信任。

倪俊才先是一怔，隨即又笑道：「膽小鬼！沒什麼大不了的，他就是把手上所有的籌碼都出完也無所謂，還有那百分之三十在海安證券押著，他還敢砸盤嗎？」

經過幾天的走訪，沈傑總算查出了魏國民身在何處，可當他趕到那裏時，卻被守衛擋在了外面，儘管他亮出了記者證，並且說了許多好話，仍是被冰冷地擋在了門外。

沈傑首先想到了林東，不知道這個年輕人是否能幫到他，抱著試試看的態度，撥打了林東的電話。

林東心想沈傑一定是遇到了麻煩事，否則不會主動打電話給他。

「沈主編，我有空，要不今晚聚聚？」

「好，到時見。」沈傑掛斷了電話。

林東在萬豪酒店見到了沈傑和秦曉璐，一眼便看出來沈傑很疲憊。

「沈主編，抱歉啊，來晚了，路上堵車。」林東坐了下來。

沈傑開門見山地說道：「林總，我在蘇城這裏遇到點麻煩事，工作沒法開展了，還請你幫忙想想辦法。」

林東笑道：「沈主編，你說說看，我能幫上忙的，一定幫。」

「我要採訪魏國民，地方知道在哪兒了，可我進不去。」沈傑臉上掛著苦悶的笑容，手裏夾著的香煙冒出細長的煙霧。

「魏國民在哪兒？」林東問道。

沈傑道：「他在濱湖花苑的一棟別墅裏，有人看著。」

林東聽了這話，心想魏國民應該還沒有將情況交代清楚，就問道：「沈主編，看著他的是些什麼人？」

沈傑眉頭皺了皺，說道：「好像是員警，不過都穿著便衣，我也不確定。」

這時，靜靜坐在一旁的秦曉璐忽然開口道：「林總，沈主編說得沒錯，看守魏國民的就是員警！」

沈傑轉頭問道：「小秦，你那麼肯定？」

秦曉璐點點頭：「嗯！我無意中看到他們身上有槍，而且個個身材健壯，我估計還是武警或特警之類的。」

兩個男人同時朝秦曉璐望去，心裏很佩服這女孩細緻入微的觀察力。

林東沉聲道：「沈主編，這事不好辦啊，公安系統內我還真沒什麼朋友，不過你別急，我找人疏通疏通，你等我消息，兩天之內，辦好辦不好我都會告訴你。」

聽秦曉璐那麼肯定看守魏國民的人是員警，林東就知道這事該去找誰幫忙了。他之所以沒給沈傑一個痛快話，就是要讓沈傑覺得這事情不好辦，把不好辦的事情辦好了，沈傑才會更加感激他。

沈傑笑道：「那就麻煩林總費心了。你托我的事我已經辦了，已經見報了。」

林東笑道：「我看到了。文章寫得很好，我看了都被鼓動了。哈哈……」

沈傑嘿嘿一笑，「那是我徒弟寫的。」

文章是沈傑親自撰寫的，只不過是用他徒弟的名字發出去的。他知道林東在國邦股票裏扮演的角色，心想等莊家撤走之後股價必定會大幅下挫，如果以他的名字來發表這篇文章，到時引來漫天辱罵，有損他的名聲，於是這種事情就只能讓他徒弟吃點兒虧。不過沒關係，他會從其他方面補償徒弟的。

「名師出高徒，佩服！」林東奉承了一句。

酒桌上，秦曉璐頻頻向林東敬酒，這讓林東大感意外，也不知是她自願還是沈傑授意的，不過有一點他可以肯定的是，這女孩變了，眼神沒有頭一次見到時那麼清澈了。

吃了一個多小時也就結束了。秦曉璐再一次爛醉如泥，由沈傑扶著她回房去了。林東出了酒店，就打電話給了蕭蓉蓉，問她有沒有空出來坐坐。

蕭蓉蓉今晚沒有出勤，正在家中無聊地看電視，接到林東的電話很意外，慌忙中也沒問什麼，兩人約定好地點就掛了電話。

蕭蓉蓉戒了酒，林東一開始提議去相約酒吧，立馬被她否決了，說她已經好幾個月滴酒未沾了。林東一愣，問她有沒有合適的地方，蕭蓉蓉一想，說就在溜冰場見面吧。

蕭蓉蓉選的地方是蘇城最大的露天溜冰場，足足有十來個籃球場那麼大。場中和場子的週邊高高吊起數十盞明晃晃的大燈，將場子照得亮如白晝。白天的時候這裏反而沒有什麼人，一到下班之後，勞碌了一天的上班族就紛紛擁來此處，揮霍掉體內剩餘的精力，然後回家美美地睡上一覺，繼續第二天的工作。

林東扶住場邊上的欄杆，點了根煙，望著場中嬉鬧追逐的人群，那歡笑聲鑽入他的耳中，讓他忽然有種垂暮的感覺，感覺自己像是個老人似的，已經想不起上一次鍛煉身體是什麼時候了。

林東長出了一口氣，白霧在他面前飄起，轉瞬便被寒風吹散。

他眼睛直愣愣看著場中滑得正歡的年輕人，背後傳來女人的聲音，林東轉過身去，見裹在長長的羽絨服中的美麗女人。

「你早到了？」蕭蓉蓉笑問道。

林東看著美麗依舊的蕭蓉蓉，嘴裏噴著白霧說道：「我剛到。」

「你……幹嘛不進去溜冰？」蕭蓉蓉走到他身邊，和他一樣扶住欄杆。

林東搖頭苦笑，「這玩意我……不會。」

蕭蓉蓉笑道：「誰一生下來就會？只要你不怕摔跤，很快就會學會的。」

林東道：「我自然是不怕摔跤的。」

蕭蓉蓉鬆開欄杆，笑道：「那就走吧，咱們進去玩玩，否則在這寒風裏站著也太冷了，運動運動會暖和很多。」

場中的單身青年見有美女入場，紛紛呼朋引伴，在蕭蓉蓉周圍滑來滑去。林東換好了鞋，小心翼翼站了起來，心想這個蕭蓉蓉太不厚道了，明知他不會滑冰，好歹也應該過來指導指導他呀。

他試探性地往前滑了幾步，並沒有摔倒，微微一笑，心想這玩意要比他估計得簡單許多。

蕭蓉蓉雙手插在羽絨服的口袋裏，滑到他身邊，在他周圍繞了幾個圈，笑道：「林東，怎麼樣，不難吧？你放開點，你瞧你的動作多僵硬，活像個機器人似的……對，對，放開點滑。」

林東在她的鼓動之下，準備加速，哪知腿上剛一使勁，就摔了個臉朝天。

蕭蓉蓉捂嘴咯咯笑了起來，不少旁觀者幸災樂禍，頓時笑成一片。

「林東，滑冰不是跑步，不要用腳蹬地。你仔細看著我的動作，然後揣摩揣摩就明白了。」蕭蓉蓉在林東面前來回滑了幾遍，停了下來，問道：「看明白了麼？」

林東笑道：「我試試。」他腦子裏想著蕭蓉蓉剛才順暢的動作，照葫蘆畫瓢，學得有模有樣，很快就掌握了訣竅。

蕭蓉蓉跟在他身旁指點了半個小時，林東已滑得很好，這讓她對這個徒弟的天賦感到很意外，二人就這樣在場中繞著圈子溜冰。

蕭蓉蓉滑熱了，便將戴在頭上的帽子摘了下來，如瀑的秀髮散落下來，在寒風中飄揚飛舞著。林東情不自禁地跟在後面，嗅著她的髮香。也不知蕭蓉蓉為何突然停了下來，林東慌亂之中亂了步法，想往旁邊避開，卻前腿絆到了後腿，摔了一跤。

他痛得齜牙咧嘴，睜開眼卻看到蕭蓉蓉得意地笑，心知剛才必是她故意害他的。可他卻不知道這並不是蕭蓉蓉預謀的結果，他怎會聽見蕭蓉蓉心裏的哀歎，她本是希望他撞上去的，哪怕是兩人都倒在地上也無所謂，可這個呆瓜竟……避開了。

「呵，你還賴在地上不起麼？」蕭蓉蓉伸出手，林東笑了笑，心安理得地接受了她的援助，心想你若是不拉我，我還真就不起來了。

二人又滑了一會兒，這下林東有了經驗，不敢跟在蕭蓉蓉的身後，一直都在她身旁滑著。

夜裏十一點多，兩人都有些累了。

蕭蓉蓉嘴裏吐著白霧，問道：「還滑嗎？」

林東道：「時間不早了，不滑了吧。」

二人到場邊換了鞋，將溜冰鞋換給了管理員。

「你請我溜冰，我請你吃東西。」蕭蓉蓉笑道。

「公平！」林東微微一笑。

蕭蓉蓉對這一帶很熟悉，帶著林東到前面不遠處的小巷子裏，路燈下有個老漢正在賣餛飩和豆腐花。

「大爺，我們兩個每人一碗小餛飩和一碗豆腐花。」蕭蓉蓉掏出十塊錢放進老漢攤前的錢罐子裏，和林東在一張空桌上坐了下來。巷口風大，兩人都不自覺地把脖子縮在衣領裏。

老漢很快將二人要的東西送了過來，林東挖了一勺豆腐花放進嘴裏，熱乎乎，火辣辣的，在這寒夜裏喝上這碗豆腐花，比吃一桌山珍海味還好，真是舒服極了。

兩人都是先喝完了豆腐花，林東抬頭發現蕭蓉蓉臉上已沁出了汗珠，知道這蘇城女子沒有他那麼能吃辣，笑著從口袋裏掏出一張紙巾遞給了她。

蕭蓉蓉欣然接受了，也從身上掏出一張紙巾回贈給了他：「林東，擦擦嘴。」

二人相視一笑。

老漢的薺菜肉餛飩十分道地，林東吃完了一碗還想再要一碗，但顧忌蕭蓉蓉在場，為了給自己留幾分顏面便忍住了。

直到蕭蓉蓉也吃完了餛飩，林東也沒好意思道明來意，他怕一說出口就會破壞今晚美好的意境。

「好啦，不早了，我該回家了。」蕭蓉蓉已站了起來，林東跟了上去。

「你開車了沒？我送你回去吧。」林東說道。

蕭蓉蓉道：「我家就在這附近，我沒開車，你要送我的話，就陪我步行吧，正好散散步消消食。」

林東點頭同意了，二人走了一路，誰也沒開口。

到了蕭蓉蓉家樓下，蕭蓉蓉笑道：「林東，今晚找我不會就是想見見我吧？」

林東略帶歉意地說道：「只怕說出來會破壞今晚的好心情。」

「沒事，今晚你我不都很開心麼。」蕭蓉蓉道。

林東也就不再猶豫，說道：「我有個朋友想對魏國民進行採訪，可他見不到魏國民，聽說魏國民現在由你們公安系統的人看守，你看……」

「魏國民？」蕭蓉蓉沒聽說過這人的名字，不知道他是犯了什麼事，也沒立即答應林東，說道：「我回去幫你問問，你放心，我一定會盡力幫你。」

林東心頭一暖，他對蕭蓉蓉不會像請別人辦事那樣送上一張卡或是名貴的禮品，只是真誠地說了一句「謝謝」。

「好了，你趕緊回去吧，我聽說那片老有人的車被惡意劃傷，還有被卸了輪子的，趕緊回去看看你的車。」蕭蓉蓉笑道。

林東一笑：「如果出了那事，我免不了還得找你蕭警官。」

二人相視一笑，揮手道別。

隔天，蕭蓉蓉給林東發了條簡訊。

「事情已辦妥。」

林東收到簡訊，給她回覆了一條：「多謝！滑冰挺有趣，昨晚很開心。」

他此刻正在往臉上貼著創口貼，用來遮住青一塊紫一塊的傷跡。昨夜玩得太瘋狂，忘了自己只是滑冰界的新嫩菜鳥，不斷挑戰高難度的動作，以至於摔得鼻青臉腫。他看了看鏡子，臉上貼了創口貼雖然不雅觀，但總比鼻青臉腫好。

林東一到公司，就發現所有下屬都盯著他的臉看。崔廣才過來問道：「林總，喝花酒被抓個現行，挨高倩揍了？」

崔廣才的嗓門極大，傳入眾人耳中，頓時引起一陣哄堂大笑。

林東不接他的話，說道：「你把大頭叫上，一起到我辦公室來一趟。」

崔廣才進了資產運作部的辦公室，叫上劉大頭，並肩進了林東的辦公室，兩人大咧咧地坐了下來，看到林東桌上的好煙，不客氣地摸過來就抽。

林東看著這活似土匪的二人，問道：「國邦股票還有多少貨沒出？」

劉大頭道：「不多，還剩下百分之十不到了，大概明天就能全部出完了。」

林東點點頭：「好，儘快出完！」

劉大頭興奮地問道：「林總，這次賺了十來個億，我們會發多少獎金？」

劉大頭最近老提錢的事情，林東覺得有些好奇，問道：「大頭，你最近手頭很緊嗎，幹嘛老問錢的事？」

劉大頭臉上露出掩飾不住的喜悅，說道：「林總，老崔，我和小敏打算元旦結婚，我這輩子能結幾次婚，還不得好好操辦？」

聽聞劉大頭與楊敏好事將近，林東很是高興，當下說道：「錢不夠你先從我這拿。至於獎金，肯定不會少的了。具體什麼數字得等咱們做完這支票才能知道。」

「我打算買輛車，林東，先借十萬給我。」劉大頭也不客氣，開口借錢。

林東問道：「你要買什麼車？」

「十二三萬的家用轎車就可以。」

「別買那車！我借你三十萬，你去買輛中高級的轎車！」

劉大頭一愣：「這事太大，我做不了主，下班回家我跟小敏商量一下。」

崔廣才恨恨道：「傻呀！要是我現在就一口答應了下來，三十萬的無息貸款還無期，幹啥不借！」

劉大頭被崔廣才一通臭罵，傻呵呵地笑了笑。

「你和楊敏商量好了把結果告訴我，我立馬轉錢給你。」林東說道。

「對了，你這臉到底是怎麼弄的？」劉大頭猛地問了一句。

林東狠狠瞪了他一眼：「你要是還想找我借錢就別問，沒事趕緊出去。」

崔廣才二人出去之後，林東給沈傑打了個電話。沈傑此時正躺在酒店的房裏，他見不到魏國民，此次的專題報導就無法開展。

「辦妥了！人托人，繞了個好大的彎子，我為這事奔波了一天。」林東發出幾聲歎息，讓沈傑以為這事情他真的出了大力氣。

沈傑一聽這好消息，連聲答謝，不敢半分馬虎。能在業內獲得很大的名聲，這純粹是他辛苦拚搏而來的。

「林總，我現在可以過去嗎？」

「可以，我朋友已經打過了招呼，你過去吧。我在那地方等你。」

林東到了那裏，停下了車，走到那兩名警員面前，還沒開口，對方先開口了。

「你是蕭警官的朋友？」老警員問道。

林東笑答道：「是的，兩位警官好，我叫林東。」

「快進去吧。」年輕的警員說道。

林東道：「還有兩個人沒到，等他們到了我再進去。」

「你站在這不好，又沒凳子讓你坐，還是到裏面去等把。」老警員微笑說道。

「那我進去了，多謝了。」林東進了別墅裏，裏面空無一人，也不知魏國民在哪個房間。過不多時，他邁步朝樓上走去，看到一個身材佝僂的老者正在陽台上侍弄花草，便朝那兒走去。

「還沒到吃飯時間，你怎麼上來了？」老者頭也不回地說道，似乎是抱怨來人打攪了他。

「魏總……」林東已聽出是魏國民的聲音，若不然，他豈能相信這佝僂的老者就是曾經高高在上的老總魏國民！

魏國民聽出有人叫他「魏總」，手一抖，水灑在了外面，怔怔地站在陽台上，回頭看去。

「你是……林東？」

雖然林東曾在元和工作了七八個月，但與魏國民的接觸並不算多，且魏國民一個月也難得在營業部出現幾次，因而魏國民對他有些印象，卻沒有多深，若不是想起那次黑馬大賽為林東頒獎，他幾乎記不起這個名字。

魏國民仍梳著背頭，卻顯得十分狼狽。短短幾個月沒見，白髮已經爬滿頭了，臉上的皺紋溝壑縱橫，像是七八十歲的老人似的，人也瘦了一圈，顴骨高高凸起。

他放下灑水壺，朝林東走了過來。多久了，除了前妻，他沒有見到一個熟人，那些曾經依附於他的人早已將他看作了可憐蟲，鄙夷地離他遠遠的。魏國民雖然不知道林東怎麼會來這裏，不過能見到曾經的下屬，他心裏幾分唏噓，幾分安慰。

「坐……」魏國民擠出一絲笑容，請林東坐下，並給他倒了一杯茶。

「謝謝。」林東見他如今落到這般境地，心中唏噓不已，也不知道說什麼，就那麼坐在那裏，沒有主動開口問什麼。

魏國民看上去蒼老了十幾歲，兩人靜默無言了許久，他開口問道：「林東，元和現在……誰掌權？」

「馮士元。」林東道，又加了一句，「總部派來的。」

魏國民額頭上的皺紋舒解了開來，呵呵一笑：「姚萬成機關算盡太聰明。卻不知人算不如天算，費盡心機把我搞下台，蘇城營業部就輪得到他當家了？天真！」

看來沒錯，魏國民的垮台，的確是姚萬成搞的鬼。

魏國民情緒激動，忽然猛地咳嗽起來，一張臉憋得通紅，額頭兩邊青筋暴起。他咳了一會兒，平靜下來繼續說道：「馮士元是個有能力的人，不過卻不一定鬥得過姚萬成這個小人。」

「姚萬成已經展開了對馮士元的行動，他似乎很著急。」林東說道，「馮士元親口告訴我的。」

「哦，你和他認識？」魏國民詫異地問道。

「是，我還在元和的時候，總部組織了一次旅遊，他也在列。」

魏國民點點頭，明白了過來。

「上上下下大多數都是姚萬成的走狗，難吶！馮士元有沒有跟你說怎麼還擊姚萬成？」魏國民問道。

「這我就不知道了。我想他應該有他的想法。」馮士元是個聰明人，林東一直那麼認為。

魏國民沉默了一會兒，陷入了沉思。他在感覺到自己中了姚萬成的圈套之時，已給總部的李總打過了電話。李總是他多年的朋友，他相信李總會幫他，可沒想到姚萬成要比他想像得更加心狠手毒，直接將他打入了萬丈深淵，根本不給他還擊的機會。

雖然他進去了，但總部仍將馮士元派了過來，這就說明老朋友李總並沒有違背對他的承諾。魏國民心想，既然馮士元與林東是朋友，他與馮士元都處於姚萬成的對立面，進而也可以說林東算是他的同盟。

既然他來了，這是否是老天給予自己的機會？魏國民已決定將事情的原委告訴給林東。

「在你和溫欣瑤離職之後，公司又有大批骨幹員工或是被其他券商挖走，或是被姚萬成排擠走，營業部的業績一落千丈，創下自我上任以來最差的業績。後來我讓姚萬成趕快招一批人進來，他全招了剛畢業的大學生進來，這批新員工沒幹兩三月，吃不了苦全部走光了。下面人以為老總活得逍遙自在，卻哪裏知道整個營業部活得最不痛快的就是我！你也知道，元和總部每季度都會對下面的營業部進行考核，蘇城營業部連續幾個月不僅沒有盈利，反而虧損嚴重。這意味著一旦到了考核期，我就會被從總經理的位置上擼下來。」

魏國民說到激動處，又劇烈地咳嗽起來。

「本來我打算找銀行的朋友幫忙充充資產，不巧的是我熟悉的幾位那時都在調動工作，也無暇幫我。這時，姚萬成帶著好消息來找我，說是他有個朋友可以幫我。他說那朋友有兩個億的資金，可以借給咱們營業部周轉一下。我當然明白他的意思，考核期在即，為了保住位置，我當即表態可以用高於市場的利息給他的朋友。」

聽到這裏，林東已大概能猜出下面的內容，他仍是靜靜聽著。

「我從頭至尾連他朋友的面都沒見一面，整件事全部是姚萬成負責操辦。簽了約之後，那筆資金就進來了，的確助我安然度過了考核期，哪知道真正的災難才剛剛開始。考核期過後，那筆資金立馬撤了出去，我也如約從營業部的賬上將一筆數目巨大的利息劃給了姚萬成所說的朋友。沒過幾天，我在監管部門的朋友就告訴我，監管部門接到舉報，已經開始在暗中調查我。我思來想去，隱隱覺得我掉進了姚萬成挖的坑裏。他竟然消失了，壞消息不斷傳來，我已知道我不僅幫人洗了兩個億的黑錢，還送出去一大筆利息。我已知道我不可能在營業部老總的位置上退休了，也明白等待我的將會是什麼，本想逃亡國外，卻連跑路都來不及，就被弄到了這裏。」

魏國民說完，抓了抓頭髮，頹喪地倒在沙發裏，露出淒然的笑容。

「魏總，若可以證明你在不知情的情況下被人利用，幫人洗了黑錢，或許刑期會減很多。」林東說出這話就後悔了，魏國民是何等聰明，難道會想不到這個？

「那件事從頭至尾都是姚萬成一人操辦的，他才是元兇！我難道會天真地相信他會為我作證？」魏國民低吼道。

「魏總，我想你一定還有底牌沒亮出來，否則也不會遲遲不肯交代問題。」林東淡淡道。

魏國民眼睛一亮，朝他看了一眼，重新審視起這個年輕人，發現的是與實際年齡極不相符的沉穩與睿智。

「對了，我還沒問你怎麼會來這裏。」魏國民道。

林東說道：「我有個記者朋友想找你作一篇專訪，我是受他所托啊。」

魏國民道：「我的事又不是什麼光彩的事情，你讓你的朋友省省心吧，我不接受他的採訪。」

林東聽到外面傳來沈傑的聲音，過不久便聽到了腳步聲，沈傑與秦曉璐來了。

「林總，這位就是魏先生吧？」沈傑指著魏國民的背影小聲問道。

林東點點頭：「沈主編，你見到人了，下面可就得靠你自己了。我走了。」

林東往樓下走去，魏國民回過神來，說道：「林東，希望你能常來坐坐。」

林東點點頭。

沈傑取出名片：「魏先生，你好，我是省財經報的主編沈傑，想對您……」

「沒聽說過。」魏國民冷冷說了一句，讓沈傑這個知名人士很受傷。

沈傑仍是笑道：「魏總，沒關係，我也介紹過自己了，這樣咱也就算是認識了。我想對你做篇專訪，你看……」

「不行！」

魏國民語氣堅決，連一點商量的餘地都沒有。沈傑手裏握著筆桿子，掌握輿論大權，走到哪裏都是別人供著他，何時受過這種窩囊氣，他強壓住心裏的火氣。

「魏總，配合一下嘛……」

魏國民把灑水壺摜在地上，瞪著眼睛：「我都到這步田地了，還有什麼好採訪的！」他發了一通火，又捂著胸口劇烈咳嗽起來，自從落馬之後，他這哮喘病是越來越嚴重了。

沈傑臉一冷，拉著秦曉璐灰頭土臉地離開了這裏。出去後就給林東打了電話。

第二章

雪崩般跌落的行情

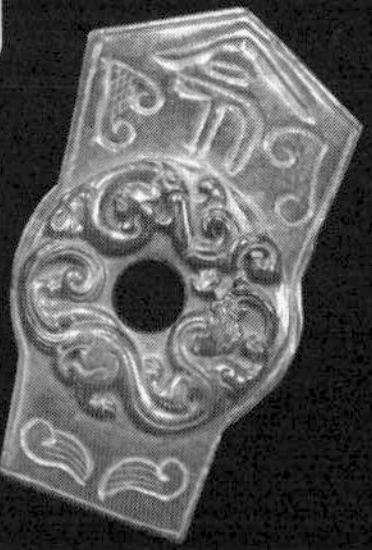

私募本來就屬於一個灰色地帶，楊玲幫了林東這個忙，倪俊才只能啞巴吃黃連，有苦說不出來，通過正當的途徑他是沒法把楊玲怎麼樣的。

林東從楊玲那邊拿到了密碼，立馬將密碼發給了劉大頭和崔廣才，讓他們抓緊出貨。

此時，國邦股票已如日中天，但不久之後卻將會是雪崩般的跌落。

林東離開還不到十分鐘，就接到了沈傑的電話，心想沈傑肯定是碰了釘子，白跑了一趟。

「林總，這魏國民太頑固太囂張了，不接受我的採訪也就罷了，居然把我罵了一通，他必須要為此付出代價！」沈傑吐沫星子亂飛，氣憤地說道。

林東笑道：「沈主編，別著急，你再想想別的辦法，看看能不能從其他管道挖掘點內容。」

「好吧，林總，不管怎麼說，你為我忙前忙後，我記在心裏了。」

第二天上班，劉大頭告訴林東，國邦股票的貨已經全部清空。林東心想是時候去找楊玲了。既然有了打算，林東立刻動身前往溪州市，到了那裏，先是約了譚家兄弟。這兄弟倆下班後就趕到了林東入住的酒店，林東在餐廳訂了包間，好吃好喝款待了譚家兄弟。

席間，林東說道：「譚大哥，有人想整兄弟，兄弟該怎麼辦？」

譚明軍當過兵，性格剛強，又喝了酒，頓時便拍了桌子：「那還得了！」

林東笑道：「你也知道國邦股票裏面有兩個莊，我是小莊，強莊是別人，而強莊的背後就是要整我的人。」

林東將汪海提供資金給倪俊才的事情說了，譚家兄弟對汪海的印象也不好，譚明輝更是叫囂著要給汪海顏色瞧瞧。

「汪海橫行霸道，今年他的公司又上市了，更是猖狂得不得了。哥，你還記得嗎，去年企業家年會上，那鱉孫是怎麼羞辱你的？」譚明輝越說越激動，吐沫星子亂飛。

譚明軍想起去年企業家年會上發生的不愉快，面色不由得一冷。林東雖不知譚家兄弟與汪海之間發生過什麼不愉快的事情，但顯而易見的是，他們與汪海不是一條道上的，這正是他所期待的。

「譚大哥，我需要你的幫助！」林東直言道。

譚明軍把林東當弟弟對待，當下便說道：「老弟，你直說吧。」

「我要國邦集團的股價狂跌不止！就是不知道這會不會損害到你們公司高層的利益？」林東問道。

譚明軍笑道：「跌得越多越好！你不用顧慮公司的高管，他們早就趁這波大浪賺足了錢，正想著啥時候股價下跌再把拋出去的貨撿回來呢。老弟，你說吧，要我怎麼配合你？」

「我已經聯絡好了媒體的朋友，到時候只要我一聲令下，他們就會曝光各種對國邦集團不利的消息，諸如業績作假、財務報告不實等等，到時你們官方做些模棱兩可的表態。譚大哥，你明白我的意思吧？」

譚明軍笑道：「明白，我到時再幫你造幾條假新聞，一定讓國邦股票的股價跌得抬不起頭。最好讓它從哪裏漲起來，再讓它跌回到哪裏去。」

林東笑道：「譚大哥，這可不行，我要的是更低！」

譚明軍是個聰明人，立即就明白了林東話裏的意思，嘿嘿笑了笑，心道這小子下手真夠狠的。

一頓飯，賓主盡歡。林東將譚家兄弟送到酒店門外，目送他們上了車。

他回到房間，趁著酒勁給楊玲打了個電話。

「楊總，下班了吧，有沒有打擾到你休息？」林東笑問道。

楊玲什麼時候接到林東的電話都不會覺得被打擾，她此刻正躺在寬敞的浴缸裏舒服地泡著熱水澡，拿起手機笑道：「已經下班了，我在家裏。林總，有什麼事嗎？」

林東道：「沒什麼，我到溪州市辦些事情，事情辦完了，想起你這位朋友，所以打電話找你聊聊，希望不要打擾到你休息。」

楊玲纖纖素手撫弄著水面上的泡沫，因身子浸在熱水中而雙頰生出紅暈，像是塗抹了胭脂似的，又像是個見了心愛之人而臉紅的小女生。此刻的她，已難以讓人將她與工作時的那個嚴厲冷漠的女人聯繫在一起。

「你又喝酒了麼？酒傷胃，還是不要喝好。」電話裏，楊玲如此這般叮囑，像是對待自己的丈夫一般。

林東笑道：「喝了一點，不多。你放心，我能喝。」

「池塘裏淹死會水的，林總，不管能不能喝，還是少喝點好。」楊玲繼而又舉了好些例子，都是喝酒喝到身體垮掉的，他們中有不少還都是名人，林東先前也曾聽聞過。

二人東拉西扯，誰也沒有掛掉電話的想法，直到浴缸裏的水涼了，楊玲實在冷得受不了了，這才匆匆忙掛斷了電話，擦乾了身體。上了床後很想給林東打個電話，猶豫了很久，決定不打了。

林東躺在床上想了又想，他終究沒能直接跟楊玲說明目的，不過從楊玲的態度來看，若是他提出來，她多半是不會拒絕的，而他卻怎麼忍心利用一個女人對他的好感來達到自己的目的呢？他索性不再思考這個令他痛苦的問題，蒙頭大睡。

第二天清晨一早，他就被周銘的電話吵醒了。林東一看時間，才八點，心想周銘一定是有急事。

周銘昨夜和高宏私募的一幫操盤手喝酒，從他們口中得知倪俊才已打算在後天出貨，本想立即將這個重大消息告訴林東的，可他喝多了酒，一時頭昏腦脹，回到家就迷迷糊糊睡著了，還好一覺醒來還記得這要緊事。

「倪俊才已定好了計畫，後天出貨！」周銘沉聲道。

林東心一緊，責問道：「你怎麼不早點告訴我！」

周銘支支吾吾說道：「林總，我……我也是剛剛得知這個消息，看來倪禿子還防著我呀！」

林東知道現在沒時間去責罵周銘，掛了電話，立馬穿衣服洗漱，火急火燎出了酒店。事情急得火燒眉毛，他也管不了楊玲會怎麼想，豁出去了，刻不容緩，他不能眼睜睜錯失對付汪海的大好機會！

林東直接開車去了楊玲的辦公室，楊玲還未上班。她的秘書將林東帶到會客室，給他泡了杯熱茶，讓他稍等片刻。九點過後楊玲才到公司，聽秘書說有人找她，進會客室一看才知道是林東，驚訝地張大了嘴巴。

「林總，你怎麼……這麼早來找我？有……什麼急事嗎？」楊玲問道。

林東面色凝重，點點頭：「楊總，我是有急事找你。」

楊玲道：「去我辦公室吧，這裏說話不方便。」

林東默然地跟在她的身後，進了她的辦公室，楊玲把門關上了。

林東坐立難安，幾次話到嘴邊卻都咽了回去，猶豫了片刻，終於鼓足了勇氣說道：「楊總，我有事想對你說。」

楊玲笑道：「我也正好有事想對你說。」

「那你先說吧。」林東說道。

「我之前聽你說過高宏私募是你的對手，後來你們又合作了，但我想那只是利益層面的暫時妥協。林東，需要我做什麼，一定要開口，我一定全力配合你！」楊玲一改對林東的稱呼，這也算是她心跡的表白。

林東沒想到楊玲也正在盤算著他的事情，心頭一熱，說道：「楊總，謝謝。事實上我和高宏私募的確就是暫時的妥協，我們雙方都在憋著勁找機會整死對方，有一件事你或許不知道，高宏私募背後的金主汪海是我的死敵。」

「汪海？」楊玲訝聲道，汪海在溪州市圈子裏的名聲的確不怎麼樣，她不知林東怎麼會與那個人結怨，也沒多問。

林東坦然道：「楊總，我需要你的幫助！」

楊玲鄭重地點點頭：「需要我做什麼，你直說吧。」

「放行！為我押在你這邊百分之三十倉位的國邦股票放行。」

林東的要求早在楊玲意料之中，她幾乎想也未想就答應了：「好，我現在就把修改的密碼告訴你。」

「楊總，這樣會不會令你不好做？」林東感動之餘，又想到了楊玲的難處。

「放心吧，倪俊才知道了又能拿我怎麼樣？難道他還敢去監管部門投訴我？」

私募本來就屬於一個灰色地帶，楊玲幫了林東這個忙，倪俊才只能啞巴吃黃連，有苦說不出來，通過正當的途徑他是沒法把楊玲怎麼樣的。

林東從楊玲那邊拿到了密碼，立馬將密碼發給了劉大頭和崔廣才，讓他們抓緊出貨。此時，國邦股票已如日中天，但不久之後卻將會是雪崩般的跌落。

楊玲知道林東忙，也就沒有多聊，讓他趕緊回去坐鎮，這種時刻，金鼎公司不能缺少他這個掌舵人。林東千恩萬謝，開著車直奔蘇城。

到了公司，他直接進了資產運作部的辦公室，全公司最寬闊的辦公室內此刻瀰漫著令人呼吸急促的緊張氣氛，就連一向嘻嘻哈哈的崔廣才也一臉嚴肅，像個將軍一樣，催促士兵進攻。

「快！兄弟們加油下單，時間就是金錢。咱們漂漂亮亮打完這一仗，我會向林總要求多發些獎金給你們！這一票做完，我請大家吃飯喝酒！」崔廣才一邊催促，一邊給手下人鼓氣。

劉大頭也不甘示弱，平時摳門出了名的傢伙竟然開出了比崔廣才更誘人的條件：「獎金會很多，除了請大夥喝酒吃飯，我還會請示林總給大夥放三天大假！」

資產運作部裏除了這兄弟倆的催促聲和鼓勵聲，就是嘈雜敲打鍵盤的聲音。所有人全神貫注，不敢有絲毫懈怠，就連林東推門進來，也沒一個人發現。過了好久，劉大頭轉了轉僵硬的脖子，才看到站在一邊的林東。

「林總，你啥時來的？」劉大頭和崔廣才走了過去。

林東說道：「我來了有一會兒了，看你們正忙著，就沒打擾你們。」他掏出了煙給他們，這兩人竟破天荒地擺了擺手。

林東詫異，不解地問道：「怎麼啦，戒了？」

崔廣才笑道：「哪能戒了？瞧見沒有，兄弟們忙得連水都喝不上一口，我們與兄弟們同甘共苦，不抽煙不喝水！」

林東拍拍他倆的肩膀，很是感動，對著忙得不可開交的操盤手們說道：「你們頭說的話我都聽見了，我現在就表個態，幹完這一票，他們剛才允諾你們的，我都會兌現！」

沒有聽到眾人的歡呼，但他們已經以手指敲擊鍵盤的速度回應了林東。這種場面絲毫不亞於戰場上的拚死搏鬥！林東哪裏也沒去，一上午就站在資產運作部的辦公室裏。中午收盤之後，他訂的營養速食送了過來，資產運作部的員工草草吃完了飯，都趴在桌子上休息了。下午十二點五十，所有人都醒了過來，大冷的天，一個個跑進了洗手間裏用冷水洗了一把臉，強制自己清醒過來。

開盤前兩三分鐘，所有人都坐到了電腦面前，已一切準備就緒。

當電腦右下角的時間跳到了十三點，所有人就像接到了指令似的，開始衝鋒！

劉大頭在林東耳邊道：「還剩不多了，估計會在下午兩點半之前全部出完。」

兩點剛過，就從資產運作部裏傳來震天的歡呼。其他部門的同事們不知道他們今天打了一場硬仗，紛紛跑過來觀看。國邦股票終於全部出完了，林東與崔廣才、劉大頭三人皆是鬆了口氣，這要比劉大頭預計出完貨的時間早半個多小時。

林東向大家宣佈，他自掏腰包，今晚在萬豪大酒店宴請全體員工。全公司頓時沸騰了！而此時，資產運作部的辦公室內卻有人在私下裏嘀咕，「憑什麼每次辛苦的都是我們，而其他部門什麼事不用做卻能坐享其成。」

這種聲音雖小，卻是資產運作部大多數員工都有的想法。不過，全公司此時正洋溢著喜悅的氣氛，這種不愉快很快便被歡樂的氛圍沖淡了。林東讓楊敏將訂好的包間發給了所有同事，然後讓員工們提前下班準備今晚的聚會。

公關部的女員工們一定會回去收拾得漂漂亮亮的，而那些男員工們，也一定會刮乾淨鬍鬚，精神抖擻地出現在女同事們面前。

剛才還很熱鬧的辦公室很快變得冷冷清清，除了林東，所有人都已下班了。他親自做好了統計，除去一切花費，金鼎公司在國邦股票上一共賺了十五億三千萬，而屬於公司的利潤是其中的百分之二十，總計三億多。他打算給穆倩紅、劉大頭、崔廣才和紀建明四人每人發二十萬的獎金，其他員工每人五萬，這樣下來，獎金和工資發放不超過八百萬，剩下的三個億的利潤他與溫欣瑤一人一半。

林東猛然發現，他現在已經是億萬富翁了，以他的年紀來說，更貼切的說法應該是億萬富少。

他一摸腦袋，竟有些燙手！在這一年，他的命運發生了翻天覆地的變化，想起今年年初之時，他剛辭去了倉庫管理員那份工作，後來進了元和，前半年他可是一直在為溫飽而奮鬥啊，哪能想到到了年底，他的資產就已經過了億！

林東呼出一口氣，心想若不是當初他糊裏糊塗從古玩攤上買了那塊玉片，怎麼能有這番讓他以前想也不敢想的成就！

他抑制不住激動的心情，很想立即將這個好消息告訴遠在地球另一面的溫欣瑤，拿起電話才想到此時正是美國的深夜，溫欣瑤應該還在睡覺。算了，等今天晚上再打過去吧。

有了這一億多的身家，林東才感到腰杆子硬了起來，不由得雄心萬丈，他要用這錢幹一番驚天動地的大事業！不過接下來方向在哪兒呢？這可是一個令人頭疼的問題。

隨著他與玉片的磨合，如今他幾乎可以不借助玉片也能掌握大勢的走向，他相信在自己的努力之下，金鼎投資一定會越來越輝煌。他腦子裏忽然湧現出一人，正是他的八拜之交陸虎成，這個被譽為中國私募第一人的大哥，過幾年自己能不能奪了他頭上的光環，成為新一代中國私募第一人呢？

自從上次在苦竹寺一別，還未與陸虎成聯繫過呢。林東心裏忽然有個打算，想去看看陸虎成的公司是什麼樣子的，畢竟人家是全中國最大的私募公司，他想知道自己的公司與陸虎成公司的差距。只有知道差距，才能激起他追趕的鬥志！

取經！林東腦海裏冒出這個詞，他雖然出完了國邦股票，但事情還沒有結束。等忙完了這一陣子，他打算就和陸虎成聯繫，商量去取經的事宜。

他靠在椅子上，想像著未來的事業，冬日餘暉照在身上，暖洋洋的，很舒服。電話的鈴聲響起，把他從遐想中拉到現實裏。

「喂，李叔，你好啊。」林東一看號碼，是李庭松的父親李民國打來的電話。

李民國笑道：「小林啊，明晚有個局，都是些我的老朋友，你若有空，最好過來。」

上次李民國在林東這裏投資的幾百萬已經翻倍，在他的宣傳下，蘇城下面區縣的幾個工商部門的頭頭也都到林東這裏投了錢，這些都是有錢的主兒，一出手最少五百萬，短短一個月內，專為官員成立的「希望一號」募集的資金就超過了一個億，這也增加了林東操作的難度。希望一號一直是由他親自操作的，所以收益十分可觀，但如今盤子大了，他一個人又要管理公司，還要經常在外面跑，精力有限，打理起那麼大的盤子已經十分困難。

鑒於此，林東的心裏已經有了個模糊的計畫。金鼎投資現在的資產運作部門太小，而且所有人都在一起，他計畫針對不同的產品在資產運作部內部分出幾個小組，以便形成競爭。同時，為了培養一批真正的操盤手，他也打算不再詳細過問資產運作部的事情，只在大勢上予以指導，讓底下人放開手來做。這雖然會在短期內影響公司產品收益，不過從長遠來看，對金鼎的成長是至關重要的。金鼎不應該只有他一個核心，應該由一批中間力量來掌舵金鼎的未來。

林東驅車直奔萬豪，到了那裏，所有人都已到齊了，就等他了。

林東一走進包廳，就響起了雷鳴般的掌聲，員工們紛紛起身，以這種方式歡迎他的到來。所有金鼎公司的員工都知道，金鼎之所以能在短時間內取得如此不可思議的成就，完全是靠林東超強的個人能力。沒有人不服他，所有人都認為為這樣一個男人鼓掌是值得的！

也不知是誰出的主意，竟然讓公關部兩個漂亮的女同事送上了鮮花，林東接過了鮮花，那個美麗的下屬又抱住他在他臉上親了一下。

林東壓了壓手掌，示意大家安靜。

「首先跟大家說聲抱歉，我來遲了，待會我自罰三杯謝罪。」林東轉頭看著穆倩紅，舉起手裏的鮮花，笑道：「倩紅，這個應該是你策劃的吧？」

穆倩紅含笑不語，從她的反應來看，林東的猜測並沒有錯。

崔廣才悄悄繞到林東的身後，打開香檳，林東猝不及防，被他噴得滿身都是。

崔廣才又拿著香檳跑進人群中，見人就噴。許多穿著裙子的女孩害怕被濺到，尖叫著四處躲避，卻沒有一個人覺得他做得過火。

足足鬧騰了十幾分鐘，眾人安靜下來，林東安排大家落座，每桌十人，按照三千塊一桌的標準上了菜。席間，林東幾乎沒有坐過，遊走在幾個桌子之間挨個敬酒，員工們也一個個過來回敬他。

回到家裏，已是夜裏十一點，林東抓緊時間聯繫了一些媒體的朋友，要他們明天開始在網路、報刊和雜誌上曝料國邦股票。這些人都收了他的錢和禮品，辦起事來也不含糊，一個個都讓他放心。

林東想到要給溫欣瑤打電話，靜了靜心，拿起電話撥了過去，過了好一會兒才接通。

溫欣瑤似乎很忙，直接問道：「林東，這麼晚了還不睡，有事嗎？」

林東笑道：「溫總，向你通報個好消息。咱們手上的國邦股票已經全部出完了，獲利豐厚……」

溫欣瑤靜靜聽著，沒有表現出有多大驚喜，在她看來，林東取得這樣的成績她一點也不覺得意外。

「恭喜你林東！看來金鼎就算沒有我，你也能打理得很好。」溫欣瑤走到一個安靜的角落，笑道。

林東說道：「員工們都很想念你，經常念叨你的好呢。對了，溫總，這次的獎金我打算這樣發，資產運作部、情報收集科和公關部的主管每人二十萬，剩下的所有員工每人五萬，你的意見呢？」

溫欣瑤雖不在國內，但她畢竟是金鼎的創始人，也是老闆，關於錢的方面，林東覺得還是有必要和她講講清楚的。

「你的意見就是我的意見。林東，放手去做，我對你絕對放心！」溫欣瑤的話給了林東很大的信心，雖然他現在在金鼎的地位和溫欣瑤是同等的，但在內心深處，他仍將溫欣瑤視作領導。他是個知道感恩的人，如果沒有溫欣瑤的器重，他不會來到金鼎，更不會在這裏有如此巨大的收獲，在他心裏，溫欣瑤是領導，是貴人，是恩人，也是合作默契的夥伴。

「若是你有時間，我倒是希望你能到美國幫我。」溫欣瑤笑言道。

溫欣瑤揉了揉太陽穴，美國這邊的事情遠比她想得要複雜，她是多麼想有一個像林東這樣的幫手在身邊為她分擔點壓力。但她清楚金鼎離開她可以，離開林東是絕對不行的。

二人又聊了聊公司的事情，林東聽到電話裏傳來一個男人的聲音，便說道：

「溫總，你忙去吧。」

「好的，林東，常給我打電話。」

林東掛了電話，已經差不多十二點了，洗漱後上了床。他想接下來的幾天不會比今天輕鬆，他與倪俊才真正鬥法的日子總算到了！不過周銘遲遲未能搞到倪俊才挪用客戶資產謀私利的證據，這倒是讓林東有些失望。

第二天早上，林東比平時起得早，沿著社區內的小路跑了幾圈，令他震驚的是，雖然已經很久沒有鍛煉了，體能狀態卻似乎一點也沒變差，全程一萬米跑了下來，竟然一點也不覺得氣喘。這一切都是懷裏那塊玉片的功效，只不過林東並不知道。

回到家一看時間還算充裕，林東就自己動手做了早餐。在他煎蛋的時候，放在桌上的電話突然響了起來，他走過去一看，是周銘打來的，看來這小子又打探到了什麼消息，否則不會一大早打電話來的。

「林、林總，好消息！我找到倪禿子挪用客戶資產謀私利的……證據了！」周銘興奮得結巴了。

這絕對是個好消息，周銘這個人還真是用對了。

「一本日記性質的東西，不過並不是天天都寫，他只把發生過的重要的事情記在那本子上，諸如送禮、借債等等。」周銘繪聲繪色敘述日記中的內容。

林東打斷了他，以命令的語氣說道：「你把東西收好，現在馬上趕去水渡碼頭等我！」

「好的好的。」周銘掛了電話，就開車直奔水渡碼頭去了。說來這本日記也算是巧事，他昨夜去倪俊才家裏完事之後，章倩芳睡著了，他偷偷進了倪俊才的書房裏，抱著試試看的想法，用上次配的那串鑰匙一把一把試，沒試幾把就把那個上了鎖的小櫃子打開了，在裏面找到了那本日記。

林東驅車趕往水渡口，周銘把那本日記本給了他，小心翼翼地問道：「林總，倪俊才快完了，能不能讓我回金鼎？」

林東臉上露出一抹晦澀難懂的笑容：「再說吧。」

林東開車回到公司，打開電腦，在搜索引擎裏輸入國邦集團四字，跳出來的結果竟全是關於國邦集團的負面消息。

這些傢伙下手的速度還真快。林東對著螢幕笑了笑，也不知倪俊才現在急成個啥樣了。

周銘開車到了高宏私募，一進門就感覺到氣氛不對勁。倪禿子像是熱鍋上的螞蟻，焦慮不安地在辦公室那不大的空間裏來回踱步，十二月的寒冬裏，他竟是一腦門子的汗。

「倪總，啥事急的？」周銘走進來笑問道。

倪俊才遞給他一份報紙：「你看看！」

周銘接到手裏，展開報紙，第一眼就看到了那醒目的標題——國邦集團涉嫌財務作假！他快速流覽完全文，文章寫得有鼻子有眼，看上去證據充足，他當然猜得到這一切都是林東找人做的。

「倪總，別急，我看這家報社可能是知道咱們在坐國邦的莊，不就是想要錢嘛，塞點錢給他，讓他閉嘴，然後再登個道歉聲明。」周銘笑道。

倪俊才不停地撓著光禿禿的頭頂：「事情若是那麼簡單，我還會跟你說？我一看到消息就聯繫了報社的領導，這些人平時和我稱兄道弟，一到關鍵時刻沒一個管你死活！」倪俊才嘴裏罵個不迭。

周銘心中冷笑，臉上卻也是一臉焦慮之色，問道：「倪總，咱該怎麼辦？」

倪俊才道：「我也不知道，走，去看看出了多少貨。」

二人走進了一間大的辦公室，裏面四十幾個紅馬甲正忙碌地敲著鍵盤，一個領導模樣的胖子見二人進來，過來打了聲招呼。

「倪總、周總……」

倪俊才努力使自己平靜下來，問道：「德福，咱的貨出去多少了？」

這胖子姓張，名叫德福，是倪俊才的心腹，因而高宏私募最重要的運作部一直由他負責。

張德福沉著臉，說道：「情況不樂觀吶，今早一開盤咱就開始全力出貨，可成交的單子非常之少。」

關於國邦集團的壞消息如寒冬裏的大雪一般，鋪天蓋地。一時間很受投資者追捧的國邦股票成了燙手的山芋，就目前來看，大多數人還對國邦股票抱有期待，以為是莊家在洗盤吸籌，為新一輪的衝高蓄力，所以大多數投資者還在觀望。不過有一些膽小的投資者已經不敢繼續持有，對他們而言，趕緊把貨出了，落袋為安才是目前最重要的。

目前的盤面拋盤明顯壓過買盤，因而成交單寥寥無幾，一個上午才成交一萬多手。陡然比上一個交易日少了幾十萬手！倪俊才心急如焚，不過他從業那麼多年，路子特別廣，一個上午他就打了幾十個電話，到了下午，網上關於國邦股票利好的消息就如雨後春筍般全冒了出來。下午開盤，效果立竿見影，成交量明顯開始放大。

看到這樣的局面，倪俊才緊繃了一上午的神經漸漸放鬆下來，他總算是可以歇下來喘口氣。後知後覺的他根本沒有去深究這次突然冒出這麼多壞消息的原因，認為這只是一段小插曲，畢竟國邦股票的股價太高了，難免會招來其他機構的嫉妒，給他製造點麻煩也是情理之中的事情。

周銘一整天心裏都很不安，他深深明白兔死狗烹的道理，一旦倪俊才完蛋了，他就在林東那裏失去了利用價值，接下來就不可能活得那麼滋潤了。該怎麼辦呢？這是他今天腦袋裏一直在思考的問題。

下班之後，周銘先是去了章倩芳那裏，章倩芳如今已經離不開他了。

「倩芳，我要離開溪州市一些日子。」周銘躺在章倩芳的旁邊，抽著煙說道。

章倩芳問道：「怎麼了，你要去哪裏？」

周銘編了個謊，說道：「沒事，別緊張，我出差。」他知道倪俊才遲早會查到他頭上，與其坐以待斃，不如趕緊溜之大吉，趁著現在手上還有一大筆錢，回老家好好享受生活。

周銘開車回到租住的公寓，收拾好了東西，連夜趕回了老家。

倪俊才一早到了公司，電話就響個不停，全部是客戶打來質問他有沒有挪用客戶資產謀私利的。

倪俊才費了很久的唇舌才將他們安穩住，一個上午的時間就這樣過去了，他將張德福叫到了辦公室，問了問今天上午出貨的情況。

張德福愁眉不展，哀聲道：「倪總，不樂觀啊。現在雖然股價沒怎麼大跌，但是成交量就是上不去，昨天的壞消息對這支票的影響實在不小。」

倪俊才開始犯愁了，他是最大的莊家，手裏的貨最多，如果他率先低價甩賣，必然會引起盤面的恐慌，到時候更會嚇得許多散戶忙不迭地出貨。

「德福，你有什麼好辦法？」倪俊才此刻腦子很亂，因而才問最忠心的下屬。

張德福思慮了片刻，說道：「趁現在盤面還比較平穩，咱們若可以拿出一筆資金來拉升股價，說不定會有許多本來在觀望的資金湧進來，到時候盤子一起來，咱們出貨就簡單多了。」

倪俊才贊同他的主意，道：「是個好辦法，咱們帳戶上還有多少資金？」

「將近一千萬！」張德福道。

國邦股票的股價現在這麼高，倪俊知道這一千萬根本不濟事，他想了一會兒，做了決定，說道：「就這麼幹！先把那一千萬打出去，給我把股價拉起來！」

「行！下午一開盤，我就把那筆錢投進去。」張德福道。

「對了，你見到周銘了嗎？我怎麼一上午沒見到他？」倪俊才問道。

周德福答道：「周副總好像今天沒上班。」

倪俊才現在離不開周銘，如今他靠著從周銘那裏得來的消息在股市裏狂賺幾筆，一天見不到周銘，他竟有點心頭發慌的感覺。他拿起電話，打算關心一下下屬，可撥了過去之後，卻被告知對方已關機。

「這個周銘，搞什麼名堂！不來上班也不請假，竟然還關機，真當老子不敢處罰你嗎！」倪俊才想把周銘叫到面前罵一頓，公司現在這個樣子，他卻像是個沒事人似的，連上班也不來了。

倪俊才已發現最近周銘的精神比較萎靡，他抱著看笑話的心理，卻不知周銘就是和他老婆上的床！若是倪俊才知道這個消息，估計要吐血三升了。

算了，他還有求於周銘，暫時還是別把關係鬧得太僵。他不來上班就不來吧，反正公司又不缺他這個閒人。

下午開盤，張德福就命令操盤手將剩餘的一千萬資金打了出去。倒是使國邦股票的股價穩定了下來，並且有了回升的跡象。

張德福一邊高買一邊低賣，雖然心疼，不過他一直認為還是值得的，畢竟國邦股票的股價是被他們從三塊多錢炒到七十多元的。只要能順利把貨出完，他們賺的可就是一筆令人不敢想像的天文數字了。

倪俊才冷靜下來之後，才發現有點不對勁，為什麼今早忽然會有那麼多客戶打電話來詢問這事？他挪用客戶資產的事情是怎麼被客戶們知道的？倪俊才百思不得其解，因為這事情他做得非常隱秘，並無其他人知曉，為什麼突然之間那麼多客戶打來電話質問？

倪俊才一拍腦袋，這不是和尚頭上的蝨子明擺著嘛，肯定是他挪用客戶資產謀私利的事情洩露了！

倪俊才驚出了一身冷汗，他的許多客戶可是都有黑社會背景的啊！還不把他生吞活剝了？

張德福急匆匆走進了倪俊才的辦公室，大冷的天卻是一頭的汗，說道：「倪總，資金太少，沒有用啊！」

倪俊才一直在想事情，忘了看盤面，聽張德福那麼一說，趕緊打開了交易軟體，進入到國邦股票的盤面。

「怎麼會這樣！」倪俊才罵了一句髒話，其實他也應該知道這樣的結果很正常，如今國邦股票的股價那麼高，一千萬就是杯水車薪，拉不了多久。

「咱出了多少貨了？」倪俊才問道。

張德福答道：「前面出掉的，加上這一千萬買進的，其實出的貨還不到百分之八的倉位。」

倪俊才通體一陣冰涼，心想到底是誰跟他過不去，要這麼害他！若不是有那些壞消息，國邦股票估計應該還在漲，他說不定已經出了百分之三十的貨了。

「倪總，如今之計，只能再想點辦法弄點錢繼續拉升，如果現在放棄，咱就真的是功虧一簣了。」張德福作為倪俊才忠心的下屬兼軍師，在這關鍵的時刻說出了自己的建議。

倪俊才也明白這個道理，國邦股票這樣瘋漲的股票千萬不能下跌，一旦下跌太多，就會引起恐慌，到時賣盤將會積壓一堆綠色。

倪俊才是騎虎難下，問汪海和萬源要錢是不可能的了，他這個時候也不敢去問這兩隻老虎要錢，看來只能從自己身上想辦法。

對！趕緊把手裏的股票拋掉，把資金回籠過來，一門心思做好國邦股票這支票比什麼都強。

「德福，你出去吧，我會想辦法的，放心！」倪俊才笑著說道，這個時候他不能亂，也不能慌，否則全公司都將陷入恐慌之中。

倪俊才想了一想，其實他也不用太過擔心，畢竟這支票的成本很低，他想怎麼也不會虧本的。

趁著還沒收盤，倪俊才趕緊把自己手上的股票全部拋了，回籠了差不多三千萬的資金。他挪用了兩千萬資金進去，如今到手三千萬，賺了一千萬。他心裏是很佩服林東的選股能力，心想這樣的人若能為他所用，一年給他一個億的工資也願意。他也很清楚，林東是絕對不會跟他混的。不過好在他有周銘，這小子有門道搞到林東的操盤方略，他至少可以跟著賺錢。

第三章

復仇曲

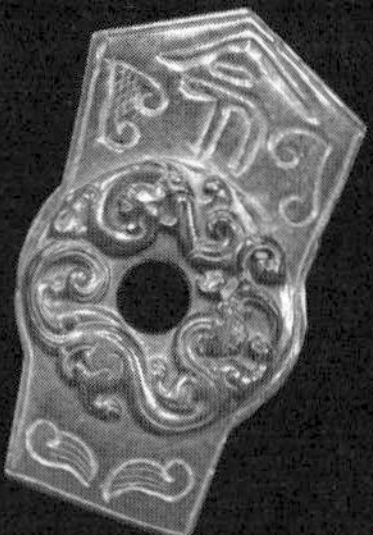

張德福到了海安證券，發現林東質押在那裏的國邦股票百分之三十的倉位早就出完了，心裏立時一陣冰涼。

他不敢找楊玲理論，立馬給倪俊才撥了個電話。

「倪總，不好了，金、金鼎投資押……押在這裏的股票全部出完了！」

晴天霹靂！倪俊才一下子懵了，事到如今，也就算是用腳趾頭也能想到是誰在他背後搞鬼。

下午四五點，倪俊才懷著沉重的心情走出了公司，國邦股票一天不出完，他就一天寢食難安，沒辦法，他必須打起精神來。想到做完這一票下半輩子就不用再為錢發愁了，他就有了動力。

倪俊才開著車不知不覺上了回家的那條路，這時候他腦子裏想的竟是一直被他忽視的老婆。

倪俊才心裏只有一個念頭，回家看看。他開車到了家裏，卻發現家裏一個人都沒有，老婆和兒子都不在，他打電話問了問，才知道章倩芳帶著兒子回娘家去了。

「俊才，要不你也到我媽家吃飯吧。」章倩芳道。

倪俊才洗了把臉，雖然他此刻很想去，但是還有重要的事情要做，約好了幾個基金公司的經理吃飯，這個飯局他不得不去。

倪俊才出了家門，開車到了酒店。等了一會兒，蘇城幾個基金公司的經理也都到了。他們都知道倪俊才最近操盤國邦股票，倪俊才也不用拐彎抹角，直接說明了目的：「兄弟遇到了點麻煩，哥幾個，咱也不會讓你們白幫忙，還是老規矩，你們幫我抬升股價，我將淨收益百分之三分給幾位。」

幾人交談了幾句，都知道倪俊才從這支票中獲利不少，百分之三已經是一筆很大的數字了。不過現在是倪俊才主動找他們幫忙，他們當然會要求更多的好處。

「倪總，你也不是不知道，馬上就年底了，各大基金公司都開始在爭排名，咱們現在拆資去替你接盤，勢必會對我們排名有影響。」

倪俊才急於把國邦股票出完，也沒心思和時間跟他們磨嘰，問道：「各位給個價碼吧。」

幾人商量了一下，說道：「最少百分之五，不能再少了！」

倪俊才吸了口涼氣，這百分之五都得從他的所得中扣啊，可是一筆很大的數目，怎能讓他不心疼。

「各位，我同意了。明天一開盤，就煩請各位買入國邦股票，幫我把股價支起來！」

幾人見倪俊才答應了他們的條件，開心地舉杯：「來，倪總，為我們合作愉快乾杯！」

倪俊才端起酒杯，笑了笑，乾了一杯。

到了午夜兩三點，這幫傢伙玩盡興了，才與倪俊才握手道別。

次日開盤，因為有溪州市當地基金公司的介入，國邦股票的股價出現了回升。這讓那些還對這支票抱有許多幻想的遊資不再繼續觀望，紛紛殺了進來。倪俊才趁機拋售國邦股票，不過他並不敢拋太多，害怕引起盤面的恐慌，基本上還是維持在小量多次出貨。

金鼎投資的辦公室內，只有總經理辦公室的門開著。林東一個人坐在電腦前，他如約放了所有員工三天大假，不過他自己卻並未休息，一直坐在電腦前盯著國邦股票的盤面，絲毫不敢鬆懈。

倪俊才就像是一隻巨蛇，雖然可以通過小伎倆斬斷他的尾巴，但那些伎倆卻不足以讓他致命。看到今天上午的盤面，林東就猜到倪俊才從別的地方拉來了同盟，通過大資金的介入來拉升國邦股票的股價。

林東拿起電話，給陸虎成打了過去，電話響了幾聲就接通了。

「兄弟，是你麼！」電話裏傳來陸虎成渾厚的聲音。

林東笑道：「大哥，是我啊。大哥，兄弟有事求你。」

陸虎成嘿嘿笑了兩聲，問道：「是不是國邦股票的事情？」

「大哥猜得沒錯！」林東說道。

陸虎成笑道：「這支票我也一直在關注，老弟，你可以啊，這可是今年第一牛股啊！」

林東直接說明了目的：「大哥，我已經全部出完貨了，我的對手高宏私募現在也在出貨，我先前給他製造了點麻煩，他找來了當地的幾家基金公司相助，又把股價拉上去了。唉，這可真是個令人頭疼的事啊！大哥，兄弟沒轍了。」

陸虎成大笑兩聲，「這算是個啥子事！兄弟，你等會兒，這事我幫你擺平！」

以陸虎成「天下第一私募」的稱號，既然是他答應下來的事情，林東就不必再犯愁了。他掛了電話，坐在辦公室內靜等陸虎成的消息。

高宏私募彌漫著一股沉悶的氣氛。

倪俊才急得在辦公室裏撓頭，本就不多的頭髮又被他扯掉了大半。張德福走進辦公室，彙報今天出貨的情況。

「倪總，今天總共出了百分之五的貨，加上前兩天的百分之八，咱們手裏還捏著百分之八十七的貨。」

倪俊才一臉疲憊，下午開盤，昨晚談好的幾個基金經理紛紛打來電話，對他說了聲抱歉，也不說具體原因。可惡的是，這幫傢伙不幫他也就罷了，竟然還和他搶著出貨。他們用的是基民的錢，旱澇保收，反正不管是虧了還是賺了，管理費照賺不誤。在這四個基金經理的帶動下，竟將國邦股票的股價打到了跌停板上。一時間拋者無數，買盤偶爾有人會掛上幾手幾十手的小單，根本無濟於事。

靠別人是靠不住的，倪俊才深刻認識到了這一點。他猛然想到還有個合作夥伴林東，股價跌得那麼狠，怎麼這小子一點反應沒有？

倪俊才拿起電話，給林東撥了過去。

電話接通之後，倪俊才寒暄問道：「林總，最近忙啥呢？」

林東道：「倪總啊，我現在在外面逛街，有什麼事情明天上班再說吧，不好意思，掛了啊。」

林東說完就掛了電話，倪俊才拎著電話，話筒裏的「嘟嘟」聲讓他心煩意亂，一時間他克制不住情緒，舉起電話狠狠摔了出去。

「這小子還有心思逛街！」

他猛然想到，上次周銘說過林東已經開始出貨了，心裏忽然升起一種不祥的預感，但一想到林東還有百分之三十的倉位質押在海安證券溪州市營業部，他懸著的心又放了下來，心想他倆都在國邦股票這條船上，船沉了對誰都沒好處。

倪俊才做了決定，明天找林東好好商量商量拉升股價的事情。

「德福，讓大夥都下班吧，打起精神來，幹完這一票，我給你們每個人都包個大大的紅包！」倪俊才咧嘴笑了起來，他夾著手包出了公司。

馮士元上次跟林東聊過之後，豁然開朗，他動用和總部李總的關係，調虎離山，讓姚萬成去總部學習去了。在元和證券，被調去總部學習，就是升遷的信號，姚萬成高興地學習去了。

趁姚萬成不在營業部，馮士元一鼓作氣，接二連三拿下了幾個部門主管，逐漸在營業部樹立了威信，他要讓所有員工知道，在蘇城營業部混日子的時代過去了，誰不好好幹，誰就得滾蛋！

姚萬成雖然人在元和總部學習，可心裏一直惦記著營業部的事情，等他發現事情不對勁已經晚了，他的黨羽已被馮士元幹掉了一半。他很想立即回來，可總部的學習還有半個月才能結束，他若突然回去，總部這邊可沒法交代。

為了阻止馮士元剷除異己，姚萬成只好通過江省分公司的領導給馮士元施加壓力。分公司的領導最近輪流到蘇城營業部來視察工作，馮士元忙於招待他們，無暇他顧，倒是把營業部的工作放在了一邊。

在馮士元忙於和姚萬成鬥法的同時，林東和倪俊才的鬥法也已漸漸進入了白熱化階段。

倪俊才一早到公司就打了個電話給林東，提出要和他共同出資拉升國邦股票的股價。哪知林東竟一口回絕了他。他心裏開始不安起來，想找周銘商議商議，這傢伙竟然又沒來上班。他把張德福叫到辦公室，問道：「周銘幾天沒來上班了？」

「三天了！」張德福答道。

公司陷入危機之中，周銘竟三天不來上班，這讓倪俊才十分惱火，他拍著桌子道：「從現在起，撤銷周銘副總的職務，德福，你接替他，以後副總就是你了。」

張德福大喜，他忠心耿耿跟了倪俊才多年，終於等到這一天了。說實話，他心裏原來一直對倪俊才重視周銘並將其提升到副總的位置上感到不滿，他早看出周銘華而不實，草包一個，卻不知那傢伙為什麼能得到倪俊才的重用。

「德福，你現在就去海安看看，看看金鼎質押的股票還在不在。」倪俊才哆嗦著手點了一支煙，焦急地說道。

張德福應了一聲，立馬動身往海安趕去。他與倪俊才同樣著急，國邦股票不僅僅是他們做的一支股票，更是高宏私募的希望，是倪俊才的生命！

張德福到了海安證券，發現林東質押在那裏的國邦股票百分之三十的倉位早就出完了，心裏立時一陣冰涼。他不敢找楊玲理論，立馬給倪俊才撥了個電話。

「倪總，不好了，金、金鼎投資押……押在這裏的股票全部出完了！」

晴天霹靂！倪俊才一下子懵了，事到如今，他就算是用腳趾頭也能想到是誰在他背後搞鬼。

倪俊才重重呼出一口氣，強迫自己冷靜下來，這個時候不能亂！他出了公司，開車直奔海安去了，他怎麼也搞不明白為什麼林東能把質押在海安的股票出完了，楊玲不是視溫欣瑤為死敵嗎？這到底是怎麼回事！

倪俊才將車開到海安證券的樓下，直接衝進了楊玲的辦公室。他衝進去的時候，楊玲正在辦公，早料到他會來，一點也不驚慌。

「倪總，這是我的辦公室，你進來之前最好敲敲門。」楊玲道。

倪俊才冷哼了一聲，心想還責怪起我來了，他大聲問道：「楊玲，為什麼金鼎投資質押在你營業部的股票全部出了？你……你必須給我一個答覆！」

楊玲抬起頭，轉動手中的鋼筆，冷冷道：「是我放行的。」

「你……你為什麼要那麼做？」

楊玲冷冷一笑：「倪俊才，少在這撒野。我就是幫林東了，怎麼著！」

倪俊才氣得半天說不出來話，血壓急劇升高：「我……我要告你！」

楊玲冷笑道：「隨你便，我倒要看看你去哪裏告。」

一句話擊中了倪俊才的軟肋，他做私募那麼多年，當然明白自己所從事的職業屬於灰色地帶，監管部門不會理會他的。

「楊總，你沒事吧？」秘書推開了楊玲辦公室的門，帶著大廈保安衝了進來。兩名彪形大漢一人一邊，抓住倪俊才的胳膊強行拉著他往外走，倪俊才嘴裏罵聲不絕。

倪俊才回到公司，把員工中幾個平時和周銘要好的叫了進來，問道：「你們這幾天誰跟周銘聯繫過？」

幾個人皆是搖頭，其中一個說道：「周副總前幾天還說要請我們喝酒的，這幾天就找不到人了。真是奇怪，電話也打不通，一直關機。」

倪俊才隱隱覺得周銘已經背叛他了，想想這個可能性實在很大，別人不瞭解周銘，他還不瞭解嗎？這種見利忘義的小人，只要林東給出了令他心動的好處，難保他不再次賣主求榮。

倪俊才悲歎一聲，竟然重用周銘這樣的小人，公司能不敗嗎？他恨不得一巴掌把自個兒拍死。他讓張德福去周銘家裏看看，找到那小子先不要驚動，等他過去收拾。張德福開車到了周銘原先住的社區，敲開了房門，開門的是個三十幾歲的壯漢，張德福一問之下才知道這壯漢是昨天才搬來的。

張德福把打探來的消息彙報給倪俊才，倪俊才就知道周銘已經跑了。他只好把一腔怒火撒在楊玲的身上。倪俊才拿起電話，打給一個叫「老六」的人，約他中午在天南酒樓見面。

這「老六」是溪州市的名人，能止小孩夜啼。此人姓柴，心狠手辣，在溪州市的黑道上有些名頭，與倪俊才有些交情。

到了中午，倪俊才夾著小包急匆匆往天南酒樓去了，他到了那裏，正好柴老六也到了。二人進了包間，倪俊才從包裏掏出一疊錢，甩在柴老六的面前。

柴老六骨瘦如柴，細胳膊細腿，身高不到一米七，看上去大概只有八十幾斤，全身散發出沉沉的死氣，只有一雙眸子明亮得駭人。他見倪俊才上來就甩錢給他，笑問道：「怎麼？惹麻煩事了？」

倪俊才一臉怒色，咬牙切齒道：「不是我惹麻煩，是有人找你哥的麻煩！老六，你幫我辦件事……」

柴老六很快摸清了楊玲的住址和下班回家的路線。當他得知楊玲是個風韻猶存的熟婦之後，淫念蠢蠢欲動，他一個人靜靜等候在海安證券的門口。楊玲六點多鐘才從大廈裏出來，沒有直接回家，而是開車去了溪州市的一家大酒店。

柴老六開著摩托車跟在後面，楊玲進了酒店，他就一直在外面等候。晚上十一點多鐘，楊玲才從酒店裏走了出來，看樣子像是喝了酒，滿臉通紅。柴老六看到一個身材壯碩的男子與楊玲握手道別，之後兩人便各自開車離去了。

柴老六開車跟著楊玲的後面，當楊玲經過一段無人的路段的時候，他猛踩油門，加速衝了過去，追到楊玲的車後，主動往楊玲的車上靠了過去。楊玲喝了酒，本來神智不大清醒，忽然見一輛摩托車貼了上來，驚出了一身冷汗，頓時酒醒了。她急忙踩了剎車，砰的一聲，摩托車擦了一下她的車，柴老六被甩了出去。

楊玲慌忙下了車，急問道：「先生……先生，你怎麼樣了？」

柴老六壓根一點傷沒有，他假裝受了重傷，躺在地上不斷哀嚎。楊玲到了他跟前，柴老六抱著腿，表情十分痛苦，說道：「腿斷了，快送我去醫院。」

楊玲根本不知他有詐，使出全身力氣把他弄進了車後座，當她想關上車門的時候，卻被骨瘦如柴的柴老六一把拉進了車內。柴老六的力氣大得驚人，與他的身材一點也不相符，楊玲敵不過他，很快就被他壓在了身下。

柴老六露出猙獰的面目，這段路本來車就少，就算是被人看見了，別人也會以為他倆在玩「車震」，所以他一點也不害怕，況且他頭上戴著帽子，楊玲根本看不清楚他的臉。

柴老六一隻手鉗住楊玲的兩隻手，餘下一隻手去扯楊玲的衣服，因為是冬天，楊玲外面穿著厚厚的羽絨服，拉鏈十分難拉，柴老六扯了半天，竟然也未能將她的外套扯下來，頓時急得滿頭是汗。

楊玲想要呼喊，卻偏偏被柴老六捂住了嘴，喊不出聲音來。

今晚與楊玲一起從酒店走出來的是譚明輝，譚明輝開車到半路，想起林東對他說過楊玲酒量很差，而且一喝酒身上就會起紅疹，立時想到今晚楊玲喝了不少酒。他害怕楊玲酒駕出事，立刻調轉車頭，追了過來。

一路上他給楊玲打了幾個電話，就是沒有人接。譚明輝心裏七上八下，隱隱覺得楊玲是出事了。

楊玲拚命掙扎，柴老六氣喘吁吁，心想這樣下去不是辦法，衣服還沒扒下來他就沒勁了，待會還怎麼搞，腦子一轉，一拳把楊玲打暈了過去。

「嘿！我看你從不從！」

柴老六伸手打算去拉楊玲衣服的拉鏈，卻感到背後湧來一股大力，自己被人像小雞一樣拎了起來。

譚明輝在關鍵時刻趕到了，他將柴老六拎在半空，甩了幾個巴掌，啪啪幾下，柴老六已被他搧得鼻青臉腫。

譚明輝雖是個好玩的人，卻極富正義感，最厭恨柴老六這種強迫婦女的人。柴老六本來身手還算可以，被譚明輝厚實的大手搧了幾下之後，頓時懵了，竟忘了還擊，等他想還擊的時候，已無力還擊了。

譚明輝不遺餘力地在他肚子上搗了幾拳，揍得柴老六晚上吃的飯都吐出來了。他將柴老六摔在地上，狠狠踢了兩腳，心裏擔心楊玲，走到車旁一看，見楊玲昏迷不醒，立馬開車將她送往醫院。

林東坐在辦公室裏，一下午想了許多。他在打擊倪俊才的同時，受損的不僅僅只有倪俊才一人，許許多多的散戶也會受損。到時候國邦股票的股價狂跌不止，那些散戶也跑不了。他的內心很矛盾，開始猶豫起來，整整一天，他都沒有發動對倪俊才的攻勢。正在這時候，譚明輝的電話打來了。

「喂，林老弟，在幹嘛呢？楊玲被人欺負了……」

林東腦子裏頓時就炸開了，擔心、憂慮、憤怒齊齊湧向心頭，心中百味雜陳。

他急匆匆開車往溪州市趕去。夜裏兩點，他到了楊玲的家門口，抬手按響了楊玲家的門鈴。

門鈴響了半天也沒人來，林東心中更加擔心，拿出手機撥打楊玲的手機，過了好一會兒才通了。

林東剛邁進，楊玲就撲倒在他的懷裏。林東猶豫了一下，一想到這個女人是因為他才受到的傷害，便情不自禁地將她緊緊擁入懷中。

過了許久，楊玲停止了哭泣，將埋在林東懷裏的頭抬了起來，柔情脈脈地看著他，忽然間雙臂勾住林東的脖頸，踮起腳尖吻了上去。她的愛來得是如此突然，如此熱烈，如此無法拒絕……

林東起初是迴避，過了不久變成了迎合。楊玲一邊吻他，一邊帶著他往臥室挪去。林東知道接下來會發生什麼，他沒有推開楊玲，這個女人已經因為他受到了傷害，他不能再親自傷害她。他對楊玲沒有愛情，但憑著感激之情，他也無法拒絕這個女人如此深沉而狂熱的愛。

狂風暴雨後是難得的寧靜，楊玲躺在林東懷裏，一隻手臂緊緊摟住他的脖子。

「玲姐，對不起，我不該對你這樣的……」

楊玲此刻的心境平靜無比，她淡淡道：「不要說對不起，都是我自願的。」

楊玲的遭遇讓林東意識到，他對倪俊才的惻隱之心是多麼愚蠢。他本來猶豫著是否要對倪俊才痛下殺手，而此刻，心中的仇恨之火已經熊熊燃燒起來。對付豺狼虎豹，心軟是致命的，唯有比他們更狠更惡！

高宏私募。

早盤開了之後，倪俊才就讓張德福拿出一千五百萬拉升股價。因為昨日有他們的大資金介入，今天開盤之後，拉升國邦股票的股價要比昨天容易很多，高開之後，股價持續走高。

倪俊才邊買邊賣，買少賣多，一點一點將手中的存貨往外吐。正當他躺在靠椅上喝茶的時候，豈料股吧和財經論壇已經鬧開了鍋。上午十點左右，第一個客戶找上了門。

此人名叫寇洪海，是溪州市黑道上響噹噹的大人物，與倪俊才有點交情，當初見倪俊才把國邦股票做得那麼好，心動之下投了兩百萬。

寇洪海的到來讓倪俊才吃了一驚，他到現在還沒弄清寇洪海來的目的。

倪俊才殷勤地為他倒水端茶，敬上一支香煙，笑道：「寇老大，你那麼忙，怎麼有閒工夫到我這來？」

寇洪海把他遞來的香煙扔了出去，拍桌子怒罵道：「倪俊才，你好大的膽子，老子的錢你也敢騙！」

倪俊才本就心虛，不過仍是笑臉相迎，問道：「寇老大，你這話是啥意思？兄弟愚鈍，聽不懂啊。」

寇洪海背書一樣背出了一段話：「十月十八日，寇洪海投來兩百萬，這兩百萬我先不急著投進去，手頭缺錢，這點錢正好可以拿來跟著周銘炒炒股票。」

倪俊才背脊發涼，冷汗從毛孔裏湧了出來，立時就將貼身的保暖內衣浸濕了。寇海紅剛才說的那段話是他寫在日記本裏的話，他親手所寫，豈會忘得了。當初他怕忘了挪用了多少錢，因而才將挪用的錢每一筆都記下來。

「這……誰造的謠！」倪俊才抹了一把臉上的汗，破口大罵道。對付寇洪海這種狠人，他只有硬著頭皮裝狠，千萬不能先癟了。

寇洪海冷笑道：「倪俊才，還跟我裝蒜？老子是誰？你睜眼看清楚！不說別的，把我的錢還給我。」

倪俊才冷靜下來一想，寇洪海心狠手辣，手底下有一幫不要命的二杆子，得罪他可不是開玩笑的。他腦子一轉，笑道：「寇老大，你等會兒，我現在就轉賬。」

倪俊才朝寇洪海要了帳號，開始轉賬。

過了幾分鐘，倪俊才起身走了過來，笑道：「寇老大，你的兩百萬已經轉好了。」

寇洪海一瞪眼，跳起來甩給倪俊才一個大耳刮子，倪俊才哪經得住他屠夫般厚實有力的大手，被那一巴掌抽得趺趺撞撞，差點摔倒，半張臉頓時就腫了起來。

倪俊才感到口腔裏一陣腥甜，知道是牙齒出血了，他這一巴掌挨得莫名奇妙，捂著臉問道：「寇老大，你這是幹嘛？錢不都給你了嘛！」

寇洪海哼了一聲：「哼！我兩百萬放在你這裏兩個多月了，你就還給我兩百萬，不覺得欠點什麼嗎？」

倪俊才這才明白過來，窩了一肚子火氣，但在寇洪海面前也不敢發作，就問道：「寇老大，你說個數吧。」

寇洪海豎起兩根手指，倪俊才一咬牙道：「好，我就再給你二十萬！」

寇洪海搖搖頭，說道：「二十萬？你打發叫花子呢！兩百萬放高利貸那麼久了，也不止二十萬！」

倪俊才捂著臉不說話，一雙眼噴火似的盯著寇洪海。

「倪俊才，你到底給不給？老子的耐心可是有限的。」寇洪海一支煙抽完，厲聲問道。

倪俊才長歎一口氣：「寇老大，兩百萬實在太多了，看在往日的情分上，你少要點。」

寇洪海乾笑了兩聲：「情分？你還敢提這兩字？咱道上人最重義氣，若不是你對不住我在先，今天我也不會對你這般。倪俊才，少說廢話，給錢吧，一分都不會少！今兒我撂下話，你晚給一天我多收一成。」

倪俊才頹然地回辦公桌後面，癱倒在座椅上。

「其實我也沒管你多要，我記得投錢的時候國邦股票的股價才剛過三十塊，現在都七十多了，如果你把我的錢投了進去，我賺了一倍還多。說起來，我老寇還是講情義的。你對我不仁，我至少還會對你講二分義氣。」寇洪海慢吞吞地說道。

「這錢……我給了！」

倪俊才下了決心，又從帳戶上劃了兩百萬到寇洪海的賬上。寇洪海打電話問了一下，確認四百萬已到賬，站起來拍拍屁股走了，臨走之前還丟出「算你小子識相」這句話。

在這急需拉升股價的節骨眼上，被寇洪海要去了四百萬，這實在對倪俊才的計畫影響不小，而他卻不知這一切才剛剛開始。

寇洪海前腳剛走，又有一群人擁入了高宏私募，頓時將空曠的辦公室堵得水泄不通。

「倪俊才，大騙子！倪俊才，還我錢！」

張德福組織了一批員工堵在總經理辦公室的門口，不讓討債的客戶進去。倪俊才坐在辦公室裏，心急如焚，猛然想起那本日記他是放在家裏的，怎麼可能洩露出去呢？

他的辦公室在二樓，推開窗戶，倪俊才就跳了下去，摔了一個狗吃屎，不過並無大礙，三步並兩步衝到了車前，開著車直奔家去了。人群中有眼尖的看到倪俊才跳窗戶跑了，大喊道：「大騙子跳窗戶溜了，追啊……」

憤怒的討債大軍追到外面，只看到倪俊才汽車後面的尾氣，眼看是追不到了。此時，無名的怒火在每個人的胸中熊熊燃起，他們一個個轉了身，再次走進了高宏私募的辦公室，看見什麼砸什麼，一時間場面失控，就連倪俊才手下的員工也遭了殃，張德福被幾個人按住，衣服都撕爛了。

倪俊才一路狂飆，進了家門時就像是一個瘋子。章倩芳不知他怎麼這個時候回來了，想問什麼，還沒等她問，倪俊才就鑽進了書房裏，取鑰匙打開了那個鎖藏著機密的抽屜，裏面原本放著的筆記本果然如他猜測不見了。

「你找什麼？」章倩芳走進了書房，倪俊才此刻的樣子有些嚇人。

「我的筆記本呢？」倪俊才紅著眼睛怒吼道。

「什麼筆記本？我不知道。你的事情，我又能知道多少呢？」章倩芳冷冷道。

「完了……」

倪俊才頹然地倒在了沙發上，一雙眼睛神色黯淡。此刻，堅守在高宏私募辦公室的張德福好不容易逃了出來，趕緊撥了個電話向他彙報情況。

「倪總，不好了，公司被……被那群人砸了！」

倪俊才急得血壓飆升，昏了過去。

章倩芳趕緊找來降血壓的藥，餵他吃了下去。

過了一會兒，倪俊才甦醒過來，失魂落魄地問道：「倩芳，咱家有誰來過？」

章倩芳臉上掠過一絲慌亂，心想為什麼他會這麼問，難道他知道自己與周銘的事情了嗎？

「沒、沒其他人來過。」章倩芳撒了個謊。

「不可能！我丟了東西，沒人來過，難道是你偷的嗎？」倪俊才逼問道。

章倩芳辯解道：「我什麼時候偷過你的東西！」她心中已經猜到了倪俊才丟的

那件東西是被周銘拿走的，因為周銘不止一次向她打聽過抽屜裏的是什麼。

這時，張德福發來簡訊，讓他趕緊去股吧和財經論壇看看。倪俊才拖著疲憊的身軀坐到電腦前，看到螢幕右下角企鵝的頭像，他記憶中章倩芳是不會上網聊天的，也不知怎的，竟鬼使神差點開了那個企鵝，看到好友裏面只有一個人，網名叫「大男人」。

他對這網名有點熟悉，只是一時想不起來是誰的。他打開網頁，進入了股吧，發現自己日記的內容已被管理員置頂，短短半天多的時間，流覽量超過一百萬次。他哆嗦著點開那個網頁，竟是他真跡的掃描件，這下就算他想否認也沒辦法了。

林東！倪俊才一拳重重地砸在了鍵盤上，不用問，這肯定是林東搞的鬼，除了他，誰還會下這等狠手！

他猛然想起，「大男人」是周銘的網名。他記得有一次周銘說過和一個寂寞的熟婦在網上聊天的事情，難道那小子口中的寂寞熟婦就是章倩芳？

倪俊才頻遭打擊，一時間竟呆了。

第四章

劫機事件

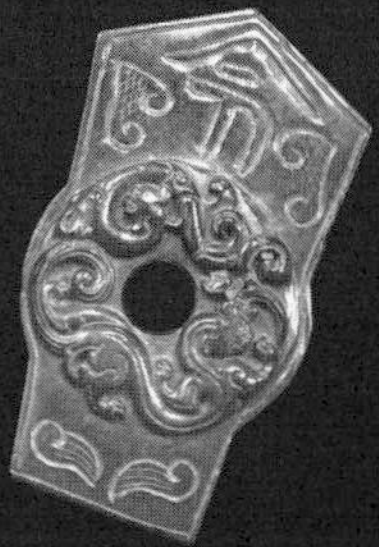

「重磅新聞，美國當地時間十三點十一分……」

當林東聽到這則新聞時愣住了，然後軀體像是遭到電擊一般。

發生劫機事件的時間與他和溫欣瑤通話的時間很接近，

而且溫欣瑤在電話裏說她正在候機室等待安檢。

林東發現自己的心臟正在以平時十倍的速度跳動，並且無法抑制。

汪海得知高宏私募被砸的消息，大驚失色，很快派人探明了前因後果，才知道是倪俊才挪用客戶資產的事情在網上曝光了。據派出去調查的探子描述，高宏私募已經被砸得不成樣子了。

汪海趕忙找來萬源商議，二人在梅山別墅一根接一根抽煙，滿地都是煙頭。

「很快就要開董事會了，老萬，我必須在開董事會之前將那五千萬的窟窿堵上。公司現在上市了，一幫子人盯著我，就盼著我屁股不乾淨，把我趕下台呢！」汪海狠狠吸了一口煙，被嗆得眼淚直流。

萬源知道他為了公司上市花了不少錢，據說請證監會的人吃一頓飯就得上百萬，更別說一層一層打通關係了。汪海雖然沒有明確告訴他到底花了多少錢，但萬源估摸著是一個天文數字。

為了公司上市花錢打通關係都是值得的，按汪海的打算，公司一旦上市了，他作為最大的股東，等到持有的股票解禁了，將股票拋售出去，那足夠他幾輩子錦衣玉食了。

一向冷靜的萬源也破口大罵道：「倪俊才這節骨眼竟然搞出這事，廢物！」

汪海給倪俊才打了無數個電話，無人接聽，心想他會不會跑路了，想到這裏，只覺頭皮發麻。

萬源冷笑道：「放心，他老婆孩子都還在溪州市，除非他能拋妻棄子。我認為他只是暫時躲起來了，應該沒跑路。再說，只不過是公司被砸了，還不至於到了要跑路的地步。」

聽了萬源這話，汪海的心稍稍安定了些。

倪俊才將張德福等幾個心腹叫到了一間出租房裏，幾台電腦擺上，這裏當作了高宏私募的「臨時辦事機構」。時間就是金錢，倪俊才知道此刻不能鬆懈，必須不遺餘力拉升國邦股票的股價，否則前路對他而言就是一條死路！雖然人手不足，但好在叫來的個個都是好手，做起事情來迅捷如飛。

截至收盤，國邦股票收了一根小陽線，倪俊才邊買邊賣，買少賣多，也倒騰了一筆資金出來。眼下討債的人四下都在找他，倪俊才不敢露面，手上的每一分錢都是他的救命錢，若是把那些客戶的錢還清了，他可就彈盡糧絕了。

他的名聲已經壞了，私募界是沒法混下去了，只有孤注一擲將寶全押在國邦股票上，只要這支票做成功，他不僅能將所有債務還清，剩餘的錢也足夠他幾輩子衣食無憂。

林東打了個電話給陸虎成，請他幫忙讓所有持有國邦股票的基金公司拋售這支票，他要讓倪俊才無翻身之力！陸虎成說這事簡單，讓他放心。有「天下第一私募」大哥這話，林東就放心了。

週五的早上，早盤開盤之後，國邦股票就遭到了各大基金公司的拋售，雖然倪俊才在極力拉升，但是拋盤實在太重，他那點資金捉襟見肘，很快就彈盡糧絕了。國邦股票的股價一路下挫，被封死在跌停板上。

倪俊才看著狂瀉不止的盤面，面如死灰地倒在椅子上。

「完了……」他反覆地念叨著這兩個字。

張德福頹然地走了進來，兩個男人像是蒼老了許多，尤其是倪俊才，臉上的皺紋又深了幾分。

「倪總，振作點吧，不管怎麼說，截至現在，咱們這支票還賺了不少錢。」他說這話的時候根本沒有底氣，雖然帳面上還賺了十來個億，但是如果貨出不去，這錢只是個虛擬的數字而已。

倪俊才苦笑了幾聲，真是悲哀，他都淪落到要下屬來安慰的地步了。

「德福，咱完了……你們不用管我，各自找出路去吧。」

張德福眼淚在眼眶裏打轉，帶著哭腔道：「倪總，別說喪氣話！要說慘，咱經歷過比這更慘的。你難道忘了咱前半年是怎麼熬過來的嗎？」

「唉，德福，我也想起死回生，可有什麼法子呢？」倪俊才眼神空洞。

張德福平靜了心情，沉聲道：「倪總，咱還沒到絕境，我覺得你可以去找找汪海。他有的是錢，只要他肯幫忙，一切都還有轉機！」

他的話讓陷於絕境中的倪俊才看到了一絲曙光，宛如溺水的人抓到了一根稻草，出於求生的欲望，他是不會放棄任何一絲希望的。

「德福，你跟我一起去找他。」

倪俊才已將張德福當作了主心骨，張德福應了一聲，二人隨便簡單收拾了一下，馬上就開車離開了公寓。倪俊才給汪海打了個電話，汪海劈頭蓋臉罵了他一頓，他一句話也沒說。等到汪海無話可罵了，倪俊才這才說出要去見他。汪海讓他直接去梅山別墅，掛了倪俊才的電話，他立馬給萬源打了個電話，讓萬源也趕緊過來。

倪俊才和張德福直接開車去了梅山別墅，等了好一會兒，汪海和萬源才到。

「倪俊才，怎麼搞的！」汪海怒罵道。

「二位老闆，是林東，都是那小子搞的鬼！」倪俊才道。

萬源眉頭一皺：「林東，你們不是已經成為合作夥伴了嗎？他怎麼會拆你後台？那樣做，對他也沒好處啊！」

倪俊才將事情的經過說給了汪海與萬源聽，這二人恨得牙關癢癢，心想實在是低估了這小子手段的狠毒，早知今日，當初就不該想到和他合作。

「二位老闆，我需要錢，只有繼續投錢，咱們才有希望起死回生。」倪俊才說出了此行的目的：「當初我定的目標價位是五十塊，是你們貪心不足，一再讓我延遲出貨。如果不是你們貪得無厭，情況怎麼會到這個地步。」

倪俊才已被逼到絕境，沒什麼好顧忌的了，因而才敢直言頂撞汪海和萬源。

「反正一個億是你們投的，我做失敗了，大不了賺不到錢，而你們就得賠掉一個億。仔細考慮考慮吧，我告辭了。」

倪俊才說完就帶著張德福走了。

汪海氣得直跺腳，揚言要找人教訓倪俊才，而萬源卻是一言不發，一根接一根地抽煙。

「老汪，咱要麼選擇血本無歸，要麼繼續投錢給那孫子，沒別的法子了。話說回來，老汪，你甘心虧掉五千萬嗎？」

「我當然不甘心！老萬，你的意思是……繼續投錢？」

「對！不想血本無歸就只能那麼做！」萬源沉聲道。

晚上，倪俊才和張德福在公寓裏，兩個人喝了兩大瓶白酒，都醉得一塌糊塗。倪俊才對這一票寄予了厚望，本打算這一票翻身的，如今夢想破滅，唯有借酒澆愁。

「倪總，汪海打電話來，讓你去他那兒一下。」張德福接了一個電話，說道。

「德福，走，咱去會會姓汪的！」

他與張德福開車去了汪海的公司，直接進了他的辦公室，一屁股坐了下來。

「汪老闆，找我有事？」

汪海一臉怒色，哼了一聲，「你他娘的真不讓人省心！不跟你廢話，老實說，你還需要多少錢？」

倪俊才沉吟了一下，拍著胸脯說道：「再給我一個億，我保證能出完貨！」

汪海看著倪俊才的臉，一咬牙，反正五千萬已經砸進去了，總不能打了水漂吧，就再投給他一個億。倪俊才去梅山別墅找他之後，他與萬源就商議好了結果，這條路不管通向哪種結局，他們都要走下去。走下去，至少還有希望。

「我給你一個億，記住你今天說的話。搞砸了，你就跳樓吧。」

汪海的表情猙獰恐怖，倪俊才雖說再次拿到了錢，但是卻一點也高興不起來。他和張德福從汪海的公司裏出來，兩人都是一個想法，必須做好這支票，否則他們都將不得好死！

馮士元開車去了林東的公司，看到氣派的金鼎投資的辦公室，心生感慨，「哎呀，老弟，還是自己做老闆帶勁啊！你瞧你這公司，才開半年，就辦得那麼紅火，再瞧瞧咱的蘇城營業部，上上下下，死氣沉沉啊……」

林東笑道：「馮哥，姚萬成管制下的營業部門的確是死氣沉沉，但是現在不是。高倩跟我說了，拓展部的員工都拚命做業務，多勞多得，不做不得，誰還偷懶！」

「聽說你前些日子又去看了魏國民？他現在怎麼樣？」馮士元問道。

林東歎了一口氣：「案子還沒結，就這樣關著，雖說好吃好喝供著，不過人蒼老消瘦了許多。他的前妻，也就是現在海安蘇城營業部的老總鄭紅梅一直在替他活動，主要是從魏國民並不知情這方面入手。據說鄭紅梅為了撈他出來，把能動用的關係都動用了。老魏能有這麼個好女人，是他之福啊，可惜了……」

馮士元也曾聽說過魏國民與鄭紅梅之間的故事，很為鄭紅梅不值，聽林東說鄭紅梅竟然會那麼賣力撈魏國民出來，真想破口大罵。

「這女人腦子有病，魏國民對她那樣，她還忙前忙後，值得嗎！」

林東笑道：「馮哥，別看你比我年長，其實男女之間的事情，你懂得的不一定比我多。唉，男人與女人之間啊，是不能以理性的思維來分析的。」

馮士元訕訕一笑：「是啊，對於男女之事我的確蠢笨得很，要不然也不會至今還單著，恐怕我要打一輩子光棍了。」

第二天一早到了公司，劉大頭就進了他的辦公室，這傢伙元旦結婚，還有半個月的時間，他是來請假的。

「林總，我得請假半個月。結婚的事情都是我爸媽忙著，事情太多了，老倆口都快累壞了。」就快要當新郎的劉大頭一臉喜色，為了在結婚的時候能以更好的形象出現在親朋好友面前，竟然減去了二十斤肥肉。

「大頭，公司現在反正也不忙，你就回家忙去吧。不算請假，不會扣你工資的。」林東笑道。

劉大頭卻是一臉正色：「林總，若你這樣做，這假我就不請了。公司不是只有你我兩個人，還有其他的同事。咱倆私下是很好的朋友，但不應該將私交扯到工作中來，當獎則獎，當罰則罰！若我開了這個頭，日後其他同事結婚，請半月或一月的假，那又該怎麼算？我堅決要求按公司現有的規定來辦，請你不要任意踐踏公司的規定！」

林東沒想到劉大頭能說出這麼一番大道理，但他仔細一想，卻發現句句在理。他前段時間還在思考要將公司建設成制度化的公司，怎麼輪到操作上就違背了當初的設想？林東深感愧疚，幸好劉大頭給了他當頭一棒，讓他清醒過來：「大頭，多謝你了！」

「啊？謝我？謝我什麼？」劉大頭感到莫名其妙。

「假准了，你把工作交給老崔吧，讓他給你帶半個月的兵。放心，我不會為了私交而踐踏公司規定，這半個月，以事假處理。」林東笑道。

國邦股票的盤面正如林東所料，正在緩慢下行。倪俊才從汪海那邊拿到了一個億，但這支票的下行卻已成定局，他砸錢只能拉升一時。關於國邦股票不利的消息已從各種媒體傳來，股民們開口閉口都在談論這支票。有的人慶幸自己走得早，如今腰包鼓鼓，滿面紅光。有的人則哀歎自己貪心不足，如今套在手上，走也走不掉。

倪俊才自買自賣，除了他之外，幾乎沒有其他機構買入這支票，因為大家都收到了「天下第一私募」陸虎成的「招呼」。陸虎成告誡眾機構，說國邦股票是顆炸彈，不想粉身碎骨的就趕緊離得遠遠的，這讓許多原本還想撈一筆的機構紛紛卻步。

散戶們急著出手，機構又不聞不問，正因為如此，國邦股票每天的賣盤上都積壓了一堆又一堆的慘綠。汪海給倪俊才的一個億，一個星期之內已經打出去了六七千萬。

在這種境地，倪俊才已經意識到了再給他一個億也無法挽救頹勢。等到手中僅剩的三四千萬打出去之後，等待他的將是連續的跌停。倪俊才已從每日的焦躁中漸漸淡定了下來。他知道現在急是沒有用的，如今他只能耐心等待，等待盤面重新起來。

畢竟這支票之前的成本價才三塊多，只要能在成本價之前出完貨，他就還有盈利的可能。但是他最近為了拉升股價，在高位買入了不少進來，這已經使成本價上升了許多。

林東找來沈傑，讓他幫忙發表一些關於國邦股票的文章。沈傑因為之前已經讓他的一個徒弟在雜誌上寫了一篇極力推薦國邦股票的文章，所以不好再寫一篇批判國邦股票的文章。但因為林東多次幫助過他，他仍是答應了下來，請了圈內的幾個好友，對國邦股票進行了批判性的攻擊。那幾人都是國內金融界有名的記者，他們的文章一出來，就被各大網站和報紙轉載，一時間傳得沸沸揚揚。

鑒於那幾人在金融界的威信，散戶們更加堅定地要拋售國邦股票。元旦之前，國邦股票以每個交易日都跌停的速度往下跌。

林東打算在元旦之後率領金鼎的領導層去陸虎成的公司「取經」，他已經和陸虎成聯繫過了，陸虎成很高興，盛讚林東的想法，說放眼整個私募界，還沒有一個人的思想有他那麼超前。

到了周日晚上，六點準時給溫欣瑤打了個電話過去，這已經成為一種習慣。

「溫總，最近怎麼樣？」打的電話多了，他們之間已經基本不聊工作，溫欣瑤放心地將公司交由林東打理。

「一如既往地忙，林東，真的很希望你能過來幫幫我。整日周旋於一幫精明透頂的人之間，我怕我說不定什麼時候就扛不住了，壓力太大了。」溫欣瑤歎息道，不過此刻的心情卻是愉悅的，在美國的日子雖然忙碌，但好在還有個盼頭，就是每個星期日林東都會打電話過來，就算是只聽聽他的聲音，也能讓她輕鬆快樂一會兒。

「那好，明年我抽空去美國幫幫你，哈哈……」林東以開玩笑的口吻說道。

溫欣瑤一反常態地道：「這是你說的，到時候你非來不可！」

「對了溫總，A股步入熊市已經成為不爭的事實，我打算投資一些成熟的資本市場，比如港股、歐股和美股，你覺得怎麼樣？」隨著金鼎越做越大，A股遲早有一天會滿足不了金鼎的需要，所以儘早進軍國際股市是很有必要的。

溫欣瑤贊同他的想法：「你說的沒錯。咱們國家的資本市場還不夠發達，投資一些成熟的資本市場是公司發展的必經之路，而且國際股市很多都沒有漲跌幅限制，這適合你的投資風格。」

想法得到了溫欣瑤的肯定，林東備受鼓舞：「溫總，我打算在元旦之後帶領員工們去京城的龍潛投資去參觀學習。咱們公司現在的規模已經不適應日益壯大的業務了，是該學習學習別的大公司的經驗了。」

「龍潛？你說的是陸虎成的龍潛投資嗎？」溫欣瑤問道。

「對，就是他的。」

溫欣瑤叮囑道：「林東，若是日後遇到他坐莊的股票，記住一條，離得越遠越好。這人出了名的狠，還是避著些好。對了，他怎麼同意讓咱們公司去參觀的？」

溫欣瑤從業多年，對陸虎成還是有些瞭解的。

林東也不瞞他，就將與陸虎成的故事說給了溫欣瑤聽。

「陸虎成雖然做股票兇惡，不過為人卻極為仗義。那年四川地震，他的公司不僅捐了五千萬，他還帶著員工親赴險地，是個了不起的人物。」溫欣瑤很少誇人，但對陸虎成卻是滿懷敬意。

林東又與溫欣瑤聊了片刻，頗為不捨地掛了電話。是夜，正當他在睡夢中時，地球另一面的美國發生了一件驚天動地的大事。幾名恐怖分子劫持了一架客機，企圖往聯合國的大樓撞去。

聯合國總部大樓位於美國紐約市曼哈頓區的東側，這座於一九四九年至一九五一年建成的大廈可以俯瞰波光粼粼的東河。十二月中旬，美國當地時間午後，四名恐怖分子劫持了一架客機，企圖撞毀這座世界性的建築，卻不知什麼原因，飛機在紐約市的東郊墜落了。這個震驚世界的事件發生之時，地球另一面的中國大地正沉睡於寧靜的夜色當中。

林東一早起來，一邊在廚房裏煎蛋，一邊聽著電視裏播音員的報導。

「重磅新聞，美國當地時間十三點十一分……」

當林東聽到這則新聞時愣住了，然後軀體像是遭到電擊一般，迅速跑出廚房。

發生劫機事件的時間正好與他和溫欣瑤通話的時間很接近，而且溫欣瑤在電話裏說她正在候機室等待安檢。林東發現自己的心臟正在以平時十倍的速度跳動，並且無法抑制，他用顫抖的手指滑開手機，打開通話記錄，給溫欣瑤撥了一個電話過去。

他的呼吸沉重急促，只期盼自己的擔心和憂慮是多餘的，而溫欣瑤的電話卻怎麼也打不通，接連打了多次都無法接通。林東在家中坐立不安，來回踱步。新聞裏說客機在紐約市的東郊墜毀，艙內乘客全部遇難，無一倖免。而此刻溫欣瑤的電話又打不通，這令他越想越覺得可怕。

該死，為什麼不問清楚她乘坐的班次！林東走進房間，開始收拾自己的行裝。通過這件事，他才猛然發現溫欣瑤在他心中的地位不僅僅是合作夥伴那麼簡單，或許在很早以前，他就對她產生了朦朧的好感，只是他一直不知，這朦朧的好感已經滋生蔓延！

他很想抽自己幾個巴掌，他知道最應該虧欠的女人應該是高倩。高倩全心全意愛著他，並且為他付出了所有，而他不僅沾惹了別的女人，竟然還在心裏愛著別人。

林東喟歎連連，明知對不起許多人，但真實的情感豈能自欺！當他打點好行李，才猛然發現，他連護照都沒有，根本無法出境。

他頹然倒在客廳裏的沙發上，仰面對著天花板，廚房裏傳來雞蛋糊了的味道，他也沒有心思去關火。

他猛然想起或許是溫欣瑤的手機沒電了，林東拿起手機，剛打算重新撥打溫欣瑤的手機試試，電話卻震動了起來，看到螢幕上的聯繫人名稱，他高興地從沙發上跳了起來。

「喂，溫總，是你麼……」林東焦急地問道。

電話裏傳來溫欣瑤的笑聲：「林東，你這是怎麼了，幹嘛打那麼多電話？我的手機沒電了，又忘了帶充電器，剛買了充電器……」

這一切對林東已經不重要了，重要的是他擔憂的人安然無事。

「我早上起來看到新聞說是美國有恐怖分子劫持了客機，所以……」

「你這是擔心我？」溫欣瑤一改往日的冷漠與嚴肅，竟從她口中冒出一句俏皮的話。

林東沉默了一下，說道：「是在擔心你。」

溫欣瑤沉默了半晌，兩人就這樣沉默著。過了許久，溫欣瑤率先開口說道：

「林東，我得去忙了，掛了啊。」

林東掛了電話，這才捂著鼻子衝進了廚房，熄了火，並將被烤成黑炭的雞蛋倒掉。簡單地收拾了一下廚房，趕緊換上正裝去了公司。進了辦公室，崔廣才就跟著他進了辦公室。

「看新聞了嗎？」崔廣才笑著問道，伸手把林東放在辦公桌上的煙盒摸了過來，不客氣地抽了一根。

崔廣才吧嗒抽了口煙，悠悠說道：「是啊，老美這回又轟動了。趕緊上網瞧瞧，美國現在戒嚴了，凡是公共場所，哪裏都能見到保安和員警。」

林東打開網頁，鍵入了關鍵字，果然如崔廣才所說，美國現在舉國上下沉浸在一片悲痛之中，為了防止恐怖分子再次作惡，出動了全部警力，尤其在紐約市，幾乎是每十米就設了一崗哨。

「老崔，你還能笑得出來？」林東見崔廣才一臉幸災樂禍的樣子，大感奇怪。

「那架飛機上又沒咱華人喪生，你悲痛個啥？」崔廣才答道。

「你怎知沒華人？」林東不解地問道。

崔廣才猛吸了口煙，開始教訓起他的領導來：「一看你就不會看新聞，出現這種事情，咱國家的新聞肯定會告訴你有無國人受傷什麼的，今早我一看到這新聞，就聽到那播音員強調了這一點。」

林東大感慚愧，當時他太過擔心溫欣瑤的安危，喪失了平時的鎮定，漏聽了一句關鍵的話語，若是他如崔廣才這般細心，也就不必為溫欣瑤擔心了。

「我記得A股裏有家公司是安全設備這個行業的龍頭，那家公司的訂單大多數都來自歐美，老崔，我一時想不起來那家公司的名字了，你記得嗎？」林東忽然轉移了話題。

崔廣才見他一臉嚴肅，應該是想到了什麼，想了一會兒，說道：「林總，你說的是國安設備這家公司吧？」

「對！」林東一拍手，「就是這家公司！老崔，你趕緊去把任務佈置下去，一個億買入國安設備！」

崔廣才還沒明白林東的想法，問道：「林總，會不會太突然了？」

「你去佈置吧，之後我會跟你講原因。」林東笑道。

崔廣才也不多問，反正迄今為止，這個比他還年輕兩歲的傢伙決策從來沒有失誤過。他起身去了資產運作部的辦公室，將操盤手全召集起來，把任務分配了下去。

崔廣才佈置好一切，帶著滿心的疑惑，又進了林東的辦公室。

「任務佈置好了？」林東問道。

「嗯，放心吧，已經分配下去了。」崔廣才笑道，「快跟我說說原因吧。」

林東理清了思路，開口說道：「還記得九一一事件吧？當時美國陷入恐慌之中，美股暴跌，但有一類股票卻逆市而漲，在九一一事件後的開盤首日，這家股票暴漲了百分之二百多！這並不是咱們國內常見的『一日遊』，短時期內，這家公司的股價翻了六倍多。」

林東將這家公司的大概情況說了一下，崔廣才弄清楚了這家公司的情況，就明白了林東為什麼突然下令買入國安設備。這家公司所涉及的領域與國安設備相同，都是做安全設備的。

九一一事件發生之後，美國對安全設備的需求激增，從而導致了這類股票受到了投資者的追捧。以此推算，此次的劫機事件雖然恐怖分子的目的未能達成，但同樣給美國敲響了警鐘，同樣的情況，林東預計主要為歐美國家生產安全設備的國安設備會有較大的漲幅。

「老崔，過來看看。」林東將崔廣才叫了過來，指著電腦上的螢幕：「你瞧瞧，過磅設備已經開始漲了。」

「唉，可惜咱A股有漲跌幅限制，早知道這樣，咱就該早點炒炒美股，沒漲跌幅限制，那才刺激！」崔廣才道。

「炒美股可是要熬夜的。不瞞你說，我正在著手準備，歐美國家的資本市場比咱們國家要成熟，咱們公司不久之後應該就會到歐美市場上去練練拳腳，到時候大家會比現在辛苦很多。」

「不怕，只要有錢賺，誰還怕辛苦！」

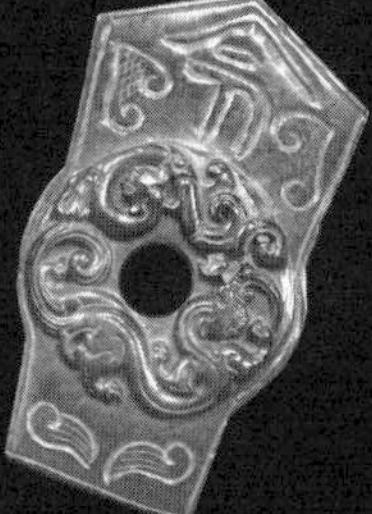

第五章 負罪感

「林東，倪俊才出事了！」

林東走到門外，沉聲問道：「倪俊才到底出什麼事了？」

「他死了。」譚明輝道。

倪俊才的車被大貨車撞倒，翻出去十幾米遠，人被送到醫院的時候已斷氣了。

譚明輝將現場的慘況描述了一遍，林東心中不可抑制地湧起一陣負罪感。

國邦股票的股價已經開始狂跌，不利的消息不僅從媒體傳來，就連公司的高管也出面說公司投資的幾個專案夭折了，雪上加霜，導致國邦股票幾乎每日開盤就被封死在了跌停板上，成交量萎縮，一個交易日成交量不到百手。

倪俊才手上已經沒有資金去拉升股價，現在他只能聽天由命，等到國邦股票止跌。他在公司整日無所事事，乾脆將公司交給了張德福打理，自己則整天悶在公寓內，除了睡覺就是發呆。

十天之後，國邦股票終於止跌了！股價已從最高的七十幾塊跌到了現在的三十幾塊。

張德福興奮地打來了電話，「倪總，國邦止跌了，咱們的春天就要來了！」

倪俊才上網看了看盤面，頓時像被注入了活力，他一掃頹廢之態，刮鬍子洗澡，將蒙了灰的皮鞋擦得發亮，夾著皮包大跨步邁出了門，開車直奔公司去了。

張德福見他進來，就跟著他進了總經理辦公室。

「倪總……」張德福叫了他一聲，哽咽無語了。公司裏人心惶惶，動盪不安，若不是他極力安撫，恐怕現在高宏私募已經剩不了幾人了。

倪俊才抱了抱張德福，這個跟隨他多年的下屬，要比女人可靠得多。

「德福，別哭了。現在咱們有事幹了。」倪俊才沉聲道。

張德福哭了一鼻子，許久才平復了心情，「倪總，你回來就好，咱公司總算有個頭了。」

倪俊才從張德福暴瘦的體型就知道他最近承受了多大的壓力，笑道：「馬上就一切都過去了。德福，國邦股票的盤面我看了，雖然止跌了，但是因為沒有大資金敢進入，所以大部分的人仍在觀望，所以咱們需要錢。這時候砸個一千萬進去，肯定能吸引不少散戶進來。」

張德福也這麼想，點了點頭：「可咱實在是沒錢了，前些日子業主來催著交租，我好說歹說才說服讓他寬限些時日。」

「不怕，找汪海和萬源要去。反正賺了錢，得利最多的就是他倆，這錢理當由他們出。」倪俊才摸起桌上的電話，給汪海撥了過去，開門見山說明了目的。

汪海聽說他又來要錢，差點氣翻了，在電話裏把倪俊才罵了一頓，任憑倪俊才怎麼說，現在也沒錢給他。公司馬上就要召開董事會了，那一個億的缺口他還正在想辦法找錢暫時補上，哪裏顧得上這攤子事。

掛了電話，張德福見倪俊才臉色很難看，就知道是沒能從汪海那裏要到錢。

倪俊才掐滅了煙頭：「不怕！他不給錢，老子自己弄錢！」他在銀行裏有些關係，打了一圈電話，但這些熟人都知道他現在的狀況，他又沒有什麼可抵押的，因而也沒人敢貸款給他。

事情逼到頭上，倪俊才萬般無奈之下想到了借高利貸。他仔細一盤算，雖然利息高得嚇人，但是如果能順利出完貨，他還能賺一大筆。他出了公司，回家帶上了兩個房產證，找到了溪州市放高利貸的劉三。

劉三住在郊區的一棟大別墅裏，人胖得像個屠夫，早些年也是一員精壯漢子，在溪州市道上也算是赫赫有名，後來一門心思做起了放高利貸這門生意，黑白兩道都有人，也算是生意興隆，財源滾滾。

倪俊才開車到了劉三的家門前，劉三正在院中練著太極拳。他坐下來等了一會兒，劉三練完拳才過來招呼他。

劉三這些年發了財，看上去慈眉善目，笑起來就像是一尊彌勒佛似的。

「倪老闆，怎麼有閒工夫往我這兒跑了？」劉三笑問道。

倪俊才笑道：「我是無事不登三寶殿，三哥，你可得拉兄弟一把。」

「有難處了才想到三哥？唉，誰讓三哥就是那救苦救難的活菩薩呢。老弟，說說吧，遇到啥難處了？」

倪俊才將要借錢的事情說了出來，不借錢，誰還到他這裏來。

「三哥，借兄弟一千萬吧。」

劉三閉著眼睛：「老弟，你的情況我瞭解一點，若是還不上了怎麼辦？」

倪俊才早做好了準備，把房子的房產證拿了出來，「這房子值一百來萬。」

「好！這房子算是利息，一個月之後，你得還我本金一千萬，否則咱按道上的規矩辦！」劉三睜開眼睛，凶光畢露。

「是、是……」

「把你的戶頭留下，我馬上安排人給你過賬。」劉三說道。

借高利貸的確要比貸款快得多，代價卻是一個月百分之十的利息，倪俊才如今已經沒法子從他處弄到錢了，否則他也不會來借高利貸。不過想到這高昂的利息，他仍是忍不住心疼。

倪俊才從劉三那裏借了一千萬高利貸，回到公司，與張德福商量了一下怎麼將手上這救命的一千萬打出去。張德福與他的想法相同，如今國邦股票出現了止跌反彈的趨勢，這個時候需要一針強心劑，若是藥效不夠猛烈，恐怕國邦股票還得繼續下跌。

他們粗略核算了一下，一千萬似乎不夠。張德福主動提出要將自己的房子抵押出去從銀行貸款，被倪俊才拒絕了。張德福的這份心令他很感動，但是這支票並沒有百分之百的把握做成，失手也是很有可能的，到時候連累張德福這個不離不棄的好兄弟沒了房子，他內心實在難安。

「德福，你休要再說了，我不能要你的房子去抵押，那樣太冒險了。」倪俊才斷然拒絕，他還有一套房子，就是他與章倩芳現在的住房，地理位置絕佳，如今每平方米接近三萬，那房子一共一百五十六平米，價值四百多萬，他打算以此為抵押，從銀行裏再貸一千萬出來。

下班之後，倪俊才買了禮品，直接去了溪州市某國有銀行支行行長的家裏。這行長姓洪，名晃。洪晃與倪俊才以前關係還不錯，在多個場合都曾遇到過，也算是熟人。

倪俊才將價格不菲的禮品放了下來，洪晃也沒說不收。

「倪總，說吧，找我啥事？」洪晃直言問道。

倪俊才道：「洪行長，兄弟手頭有點兒緊張，想托您辦點貸款。」

「哦，你要貸多少？」洪晃問道。

「一千萬。」

「如今上面查得嚴，你若沒有抵押的話，這事不好辦啊。」洪晃很快就要到分行做副行長了，很害怕在這節骨眼上弄出什麼事。

倪俊才道：「有抵押，我在濱江花園的房子價值四百多萬，我想拿那套房子做抵押。」

洪晃笑了，說道：「那就好，我會跟下面信貸科的人打好招呼，你找信貸科的老吳辦手續吧，這貸款沒問題。」

「洪行長，能不能快點，我急需用錢。」這才是倪俊才來找洪晃的真正目的，他拿房子抵押，辦貸款並不難，而時間不等人，他必須儘早拿到錢，否則等到國邦股票繼續下跌，到時候就遲了。

倪俊才從懷裏掏出一個信封，推到洪晃的面前。走正常程序，最快也得兩個星期後才能拿到錢，但如果有洪晃從中說話，那就不同了。

「嗯，現在咱們國有銀行的辦事效率也太慢了，很影響老百姓用錢啊。你的情況我清楚了，放心吧。」洪晃既然收了倪俊才的錢物，當下也就一口應允下來。

自從國邦股票開始止跌，林東就猜到倪俊才會有所行動，於是就讓紀建明將手上的十幾個情報收集科的員工全部撒了出去，前往溪州市去打探消息。

早上一到班上，紀建明就進了他的辦公室。

「倪俊才昨天先後找了劉三和洪晃。」紀建明言簡意賅報上了收集來的情報。

不需說得多明白，林東已經猜到倪俊才去找這兩人的目的。

「倪俊才沒錢了，飲鴆止渴！」林東冷冷道。

早盤一開，倪俊才就開始砸錢拉升國邦股票。一個上午就砸出去了五百萬，股價卻沒什麼反應。他太想成功了，讓他這個玩資本的老玩家喪失了應有的理智。雖然他以重金去拉升，但是前期這支票裏面套了太多的人，有太多的散戶想要出貨卻出不掉。此刻他砸錢，只能吸引一些不要命的「敢死隊」進來一搏，但資金量畢竟太小，根本消化不了多少他的存貨。

一個交易日結束，倪俊才依舊延續以前高買低賣的做法，在賣出量僅比買入量多一點點的情況下，他將原因歸結於資金不夠多，還樂觀地認為仍有許多資金在觀望。他下午去了銀行找到信貸科的老吳，洪晃已經跟老吳打過了招呼。老吳也沒嚴格審核，幫著倪俊才辦好了貸款手續。兩天之後，老吳通知他貸款已經批下來了，讓他過來領貸款。

此時，倪俊才再次陷入了彈盡糧絕之中，正眼巴巴地盼著這筆貸款的到來。老吳的電話對他而言不止是佛國梵音，接到電話之後，倪俊才立馬就去了銀行。領了錢之後，他是懂得規矩的，老吳和信貸科的幾個老油子的好處費是少不了的。這一圈「孝敬」下來，一千萬少了十萬，如果沒有洪晃打過招呼，他想提走這筆鉅款，至少得散財五十萬。

提走這筆錢之後，倪俊才馬上將錢轉到了股票帳戶裏，國邦股票的股價天天在跌，如果沒有他的資金來托底拉升，估計這幾天已經是瘋狂下跌了。倪俊才已經顧不了那麼多，他將全部身家性命都押在了國邦股票上，已經沒有回頭路可走。

一個星期之後，元旦節將近，倪俊才把從銀行貸款來的一千萬也砸了進去，仍是止不住跌勢，貨也沒出去多少。當他再次彈盡糧絕之時，再次將公司委託給了張德福，自己則躲在家裏，對公司的事情不管不問。

國安設備這支票果然受到了投資者的熱烈追捧，短時間之內，股價翻了倍。這一票做了下來，金鼎投資又有一大筆進項。而一直由林東親自負責的「希望一號」的淨值則以恐怖的增長速度在增長。

「希望一號」已由最初四名客戶發展到了現在的近三十名，這三十人個個都是蘇城響噹噹的人物。因為「希望一號」的強勢增長，林東也順理成章地成為了這群高官家中的座上賓。

蕭蓉蓉和市局的幾名中層領導也投了錢，後來賺了錢，許多員警都吵著鬧著要來林東的公司做投資。那些小警員少的投個一兩萬，多的投個十來萬，根本達不到

「金鼎一號」的門檻，更別說「希望一號」了。林東破例為他們設立了「金鼎二號」，聚少成多，金鼎二號的規模不斷擴大，由起初的幾十萬，如今已到了三百多萬。他沒有直接操作金鼎二號，將選股的重任交給了劉大頭與崔廣才，以鍛煉他們獨挑大樑的能力。

劉大頭請了半個月的假，因而這段時間一直都是崔廣才一個人在打理金鼎二號，好在有林東在大方向上指導，加上他對股市的瞭解，也沒出什麼紕漏，金鼎二號雖然比不了金鼎一號和希望一號淨值增長迅速，但與其他基金公司的基金比起來，也可以稱得上牛了。

馬上就要進入了新的一年，金鼎投資內部已經洋溢著濃濃的節日氣氛。元旦那天正好是星期一，加上週末兩天，A股一共休市五天，林東決定放五天的假。

將近年底，溫欣瑤特意打電話讓林東籌備一個投資報告交流會，邀請金鼎投資的客戶前來參加。這與林東的想法契合，今年他們賺得盆滿缽滿，正好借此機送一些禮品來回饋客戶，同時也會邀請一些媒體的朋友參加，以起到宣傳公司的作用。

下班之後，林東開車去了溪州市。他找到譚明輝，問他認不認識劉三。譚明輝交友甚廣，三教九流都有認識的人，劉三也是溪州市道上的頭臉人物，他自然是認識的。

「譚二哥，能不能約劉三出來喝酒？」林東問道。

譚明輝緊張兮兮地問道：「老弟，你資金方面出現問題了？缺多少，我看看能不能幫你想辦法。劉三那種人咱能不沾邊就離得遠遠的，不到萬不得已，千萬別找他借錢。」

譚明輝誤認為林東是找劉三借高利貸的。

「呵呵，我資金方面好著呢。我找他是想幫他，不是借錢。」林東笑道。

「你幫他？」譚明輝有些詫異。

譚明輝聽得一頭霧水，也沒接著問，掏出手機給劉三打了個電話，在電話裏也沒提林東，就說約他出來喝酒。劉三痛快地答應了。譚明輝訂好了酒店，劉三到時，和林東站在門口迎接。

劉三從車內出來，圓得跟球似的身材再穿上臃腫的棉衣，令他費了些勁才從車門裏擠出來。他老遠看到了站在門口的譚明輝，卻不知譚明輝身邊的年輕人是誰。

「老三，怎麼才來？便宜我吹了好一會兒冷風。」譚明輝道。

劉三咧開大嘴笑道：「路上車太堵，我開的又不是飛機，哪能快得了。」

「不說了，進去喝點酒熱熱身。」

三人進了包廳，譚明輝介紹道：「老三，這是我一鐵杆哥兒們，叫林東，別看他年輕，本事大著呢。」

林東比劉三要小二十歲左右，主動伸出手來，笑道：「三哥，小弟有禮了。」

劉三瞭解譚明輝，知道他朋友雖多，但能入法眼的卻屈指可數，心想這年輕人能得到譚明輝那麼高的評價，心中不禁對林東產生了興趣。

「老弟，別客氣，咱倆算是認識了，以後常走動。」

三人坐定，譚明輝招呼女侍上菜斟酒，吃了一會兒，林東才開口。

「三哥，我聽說你借了一筆錢給倪俊才，有這麼回事嗎？」

劉三心裏一驚，心想他的消息倒是靈通啊，問道：「是啊，怎麼了？」

林東笑了笑：「倪俊才的情況你或許有些不瞭解，三哥，你聽我說說……」他詳細列舉了倪俊才公司目前的財務狀況以及投資的情況，劉三聽了一臉驚惶。

「乖乖！這麼說，我那一千萬危險啊！」劉三張大嘴巴，兩腮的肥肉往兩旁擠去，凸起高高的兩塊。

「他只有把手上的國邦股票出了才能有錢還你，有一點我不能瞞你，他那貨出不了！」林東自信滿滿地說道。

劉三撓了撓禿頭：「出不了？怎麼回事？」

譚明輝道：「三哥，你忘了，我和我哥都在國邦集團上班，公司裏的事情我哥倆清楚。林東說得沒錯，倪俊才短時間內肯定出不了貨。」

劉三臉一冷：「難道他小子還敢不還我的錢？」

「不是他敢不敢，到時候你就算把他刮了，他還是沒錢還你。」林東道。

劉三一拍桌子：「不行！我得找他要錢。」

林東道：「是得抓緊要，我聽說他在濱江花園有套大房子，那可是寸土寸金的地段。」

劉三端起酒杯敬林東：「多謝老弟提個醒，我知道該怎麼做了。」

第二天中午劉三吃了午飯，就急匆匆地往倪俊才的公司去了。當然，跟著他去的還有幾個兇惡的打手。

到了高宏私募，倪俊才並不在公司。劉三將目前主事的張德福叫了過來，讓他打電話儘快讓倪俊才出現，否則後果會讓張德福承擔不起。張德福一聽說是劉三來了，就嚇得破了膽，立馬給倪俊才打了電話。

倪俊才接到電話，知道自己若不及時出現，劉三能把他的公司掀個底朝天，立馬開車直奔公司。

「三哥，你怎麼來了？」倪俊才到了公司，首先給劉三敬了一根煙，一眼掃過劉三身後的十幾個惡煞模樣的壯漢，就知道今天的事情比較麻煩。

劉三抬手甩了倪俊才一個巴掌，倪俊才被摑得眼冒金星，牙都出血了。

「你怎麼打人！」張德福見老闆被打，憤憤不平。

劉三使了個眼色，身後兩名壯漢立馬把張德福按在地上，一頓拳打腳踢，直打得張德福苦苦哀求，這才罷手。

「你三爺做事還要聽你指揮？」劉三吐了口痰，冷眼瞧著倒在地上頭破血流的張德福。

倪俊才屁也不敢放一個，劉三上來就把二人打了，看來今天是帶著火氣來的。常聽人說劉三不好惹，想不到這傢伙竟那麼不講道理。

「倪俊才，把我的一千萬還給我！」劉三道明了目的。

「三哥，不是說一個月嗎？」倪俊才壯起膽子道，「您這麼做不合規矩吧？」

劉三猛一瞪眼，露出猙獰的面目：「規矩？規矩是老子定的！你的情況我調查過了，一個月後你能還得起我的一千萬？」

「我能！」倪俊才道。

「呸！」一口痰正中倪俊才的眼鏡，令他胃中翻江倒海。

「我還能相信你的話？你手上的那支票……」他將林東和譚明輝說的那番話一字不改說了出來，倒也唬住了倪俊才。

倪俊才腦門上直冒汗，心想劉三是什麼都知道了，看來如果繼續忽悠他就只能討打了。

「三哥，到時候若是還不上錢，我把股票抵押給你。我手上還有幾個億的股票，你怕什麼！」倪俊才擦了擦眼鏡，說道。

劉三盯著他的臉，冷冷道：「幾個億？有幾個億你還用得著跟我借錢？你蒙鬼吶！」

倪俊才又挨了一巴掌，半邊臉火辣辣地疼。

「你必須把我的一千萬還清！我聽說你在濱江花園有套房子，如果現金不夠，就拿房子抵。放心，我會給你個公道的價格。」劉三道。

倪俊才心知是無路可走了，只能拖延一天算一天：「三哥，你給我幾天時間，我一定想辦法湊錢，一分不少還你。」

劉三點點頭：「好，就給你三天時間。別耍花招，你逃不出我的手掌心。」他站了起來，手臂一揮，大吼一聲：「兄弟們，我們走！」

一行人浩浩蕩蕩地離開了高宏私募，倪俊才失魂落魄地走到張德福的身前，將他從地上拉了起來，二人抱頭痛哭。

過了許久，張德福擦乾眼淚，說道：「倪總，這活我幹不了了，對不起……」

倪俊才歎息一聲，「兄弟啊，該說對不起的是我。跟著我，你受苦了。」

「倪總，我走了。」張德福帶著一身的傷痛永遠離開了高宏私募，被劉三一鬧，公司裏人心惶惶，又跑了不少人。

倪俊才知道他等不到國邦股票股價漲起來的那天了。他最後一個離開了公司，頗為不捨地關上了門。在這裏他曾經創造過令人眼紅的輝煌，可這輝煌帶給他的卻是身心俱疲的乏力感。

別了，高宏私募……

倪俊才搭車回了在濱江花園的家。章倩芳為他開了門，見他髮絲凌亂，雙目黯淡無神，憔悴得像是大病初癒。

「我惹事了。」倪俊才一屁股坐在沙發上，看上去疲憊之極。

畢竟是十多年的夫妻，兼之周銘帶給她的傷害，不知不覺中，章倩芳發現對於倪俊才的感情，是那種深入骨髓無法抹去的。她給倪俊才倒了杯熱水，關切地問道：「到底發生什麼事情了？」

患難見真情，這多少帶給倪俊才的心靈些許慰藉，他睜開眼睛，抓住章倩芳的手，說道：「倩芳，我借了高利貸，現在被人追債。三天內如果還不上錢，那幫人會要我的命的。」

章倩芳嚇得花容失色，她一直以為丈夫的公司營運很好，沒想到竟已陷入到了借高利貸的地步。過了許久，她才喘出一口氣，緊緊握住倪俊才的手，說道：「咱們這房子值四百多萬，我爸爸那邊還有套房子，也能值三百萬，我這些年也攢下了百來萬，我想再找舅舅周轉兩百萬，這一千萬能湊齊。你放心，我們把欠的債換上，我不信他們還敢怎麼對你。」

章倩芳就是這樣一個女人，當家庭遭到變故，看似柔弱的女人忽然之間承擔起重擔。她此刻表現出來的大度與冷靜，令倪俊才這個混了半輩子社會的男人感到無地自容。

「倩芳，事情不是你想的那麼簡單，就算還了這一千萬，還會有人不放過我。」他指的是汪海與萬源，這兩人都是敢吃人的人，兩個多億都被他賠了，這兩人豈能放過他。

「事情一步一步都會解決的，我們先把高利貸還了，接下來再想想辦法。」

倪俊才拉住了章倩芳的手臂，搖搖頭：「倩芳，我已做好了打算，你的心意我心領了。你若是願意，帶上兒子和我一起遠走他鄉吧。」

章倩芳猶豫了一下，知道若非是無路可走，倪俊才不會選擇跑路的。她鄭重地點點頭：「天涯海角，我都跟著你。」

倪俊才賣了房子，在劉三給他的三天期限的最後一天裏，已經準備妥當，他打了個電話給章倩芳，要她帶著兒子去他們相親時去的那個公園門口等。倪俊才租了一輛城市越野車，並將自己喬裝打扮了一下，就算是與他相熟的人，第一眼也未必能認得出來。

早上十點，他開車往公園趕去。劉三也害怕他逃跑，於是佈置了眼線盯著他，倪俊才的喬裝騙過了劉三的眼線，但卻因為他租的車而暴露了身分。

那家汽車租賃公司的老總是劉三的鐵哥們，劉三的兄弟經常到這裏借車開，今天到了這裏，湊巧看到了倪俊才留下的身分證影本，就知道倪俊才要跑。他一刻也不敢耽誤，立馬打電話告訴了劉三。

劉三震怒不已，他感到被倪俊才耍了。早上倪俊才還打電話來說款子已經湊得差不多了，說是明天會還錢，原來這都是倪俊才的緩兵之計。劉三感到了極大的羞辱，他吩咐下去，不惜一切代價抓到倪俊才，他要親自給倪俊才來點酷刑。

公園的前面是個三岔路口，倪俊才連闖了幾個紅燈，當他闖過公園前面的紅燈時，一輛全速行駛的大貨車撞了過來，造成了幾輛車連續碰撞。

元旦的這一天，蘇城的上空竟飄起了細若微塵的小雪花。這是早來的一場冬雪。

今天是劉大頭和楊敏結婚的日子，林東早早起了床，作為伴郎團的一員，他早早就到了劉大頭家。

劉大頭穿好衣服走了出來，看著窗外飄飛的雪花，歎道：「唉，怎麼碰到了這天氣，也不知是啥兆頭。」

林東哈哈笑道：「有兆頭也是好兆頭，下雪好啊！」

「是啊是啊，瑞雪兆豐年嘛！」紀建明附和道。

在劉大頭家裏簡單吃了早飯，林東開著車帶著劉大頭去了美容店，崔廣才則開車去酒店接楊敏去了。

楊敏是外地人，她的老家在蘇城往北七八百里的一座城市。因為兩地相隔太遠，兩家人當初商量結婚事宜的時候，就決定在男方這邊辦一次婚禮，然後再去楊玲的老家辦一次婚禮。

「楊敏，恭喜你，我相信大頭一定會讓你幸福的。」林東笑著說道。

楊敏抿緊嘴唇，眼中淚花閃爍：「林總，謝謝你。」

劉大頭和楊敏進去化妝之後，林東和崔廣才站在美容店門外的走廊上抽煙，看著輕舞飛揚的雪花。

「你看到沒？剛才楊玲好像哭了。」崔廣才神神秘秘地問道。

「有嗎？」林東反問道，事實上，他看得最清楚。

「我早上開車去接她的時候還是高高興興的，怎麼你跟她說了句話，她就哭了？」崔廣才嘿嘿笑道：「不會是因為你？」

「滾犢子！胡說八道什麼！那是因為她看到了大頭，所以才哭了。老崔，你別不分場合胡亂開玩笑。」林東冷臉道。

崔廣才笑了笑：「好了好了，我不瞎說了，不過你反應似乎有點過了。」

林東和崔廣才足足在外面等了兩個鐘頭，劉大頭和楊敏才從裏面出來。化了妝的楊敏自不用說，當然是更加漂亮動人。令林東二人大感意外的是，劉大頭在化妝師的包裝之下，竟然變成了個不折不扣的帥哥。

「大頭，原來你也可以那麼帥！」崔廣才讚歎道。

林東一看時間，已經快十一點了，說道：「時間不早了，大頭、楊敏，你們該去酒店迎賓了。老崔，你去賓館把楊敏的爸爸媽媽接過來。我們在酒店會合。」

十二點的時候，賓客們漸漸到了。到了十二點半，婚禮的儀式很快就要開始了，劉大頭和楊敏趕緊去了宴會廳，準備舉行結婚典禮。

高倩十二點半之後才到，林東在一樓等到她，二人牽手走進了宴會廳，結婚典禮已經正式開始了。在莊嚴而喜慶的音樂聲中，楊敏的父親牽著女兒的手，沿著紅色的地毯，緩緩朝劉大頭走去。

梳著油光光大背頭的司儀以他那富有磁性的嗓音問了劉大頭一連串問題，劉大頭忽然間哭得稀哩嘩啦，只見他不停點頭，卻聽不清他說什麼。當劉大頭取出婚戒，將之戴到楊敏手上的時候，感動了在場的許多人，林東身邊的高倩用力握緊了他的手，感動得熱淚滿眶。

「東，看到他們那麼幸福，我也想結婚了。」高倩在林東耳邊道。

林東伸出有力的臂膀，將她擁入懷中。此時此刻，他的心裏翻江倒海，既為擁有高倩而感到幸福，又想到了家鄉那個與他青梅竹馬的女子柳枝兒。

典禮結束之後，眾人開始入席。劉大頭和楊敏則去別的地方換衣服去了。

林東剛坐下，電話就響了，他拿出來一看，是譚明輝打來的。

「林東，倪俊才出事了！」

林東拿著手機朝門外走去，臉色冷得嚇人，與他坐一桌的人都覺得異常，紛紛交頭接耳詢問出什麼事了。

林東走到門外，沉聲問道：「倪俊才到底出什麼事了？」

「他死了。」譚明輝道。

倪俊才的車被大貨車撞倒，翻出去十幾米遠，人被送到醫院的時候，已經斷氣了。譚明輝將現場的慘況描述了一遍，林東覺得全身發冷，心中不可抑制地湧起一陣陣負罪感，若不是他告訴劉三倪俊才的財務狀況，劉三就不會去討債，就沒有今天倪俊才被人追截，也就不會有車毀人亡的慘劇發生。

「唉，慘啊，出事的時候，他的老婆孩子正在公園門口等他，親眼目睹了慘劇的發生。」譚明輝聲音沉重地說道。

林東掛了電話，看著酒店門口掛著大紅色的喜慶燈籠，開席了，酒店外面響起了一連串的爆竹聲。他拖著疲憊的身軀，走回到樓上的宴會廳，端著酒杯去敬了劉大頭和楊敏一杯酒，一口菜都沒吃，放下酒杯就走了。

高倩看到他失魂落魄的樣子，不知發生了什麼事，立馬追了出來，到了門口，發現林東已經開著車走了。她很為林東擔心，也來不及和劉大頭夫婦說聲道別的話，取了車追了出去。

林東前腳剛到家裏，高倩也就到了。他沒上樓，站在樓下，早上還是細細碎碎的小雪花，此刻已經變成了漫天飄揚的鵝毛大雪，濕冷的北風裹挾著大雪，打在他的臉上。

高倩跑到他的身邊，擦掉他臉上的積雪，焦急地問道：「你這是怎麼了？」

林東淡淡地說道：「倩，你進屋去吧，讓我一個人安靜會兒。」

「天那麼冷，還下著大雪，你穿那麼少，會凍死人的！」高倩用力想把他拉進電梯，林東卻像是立地生根似的，怎麼拉都不動。

高倩犯起了倔勁：「好！你喜歡自殘是吧，我就陪你一起。」她索性不勸了，站在林東旁邊。

不到五分鐘，林東發現高倩是來真的了，一摸高倩的手，凍得冰冷。他清楚高倩倔強的性子，知道他在外面站一分鐘，她就會陪著站一分鐘，歎了口氣，一轉身將高倩擁在懷裏。

到了屋裏，林東給高倩倒了杯熱水，又趕緊去熬了薑茶，他的身體好得很，他怕高倩受涼感冒。

「東，在我心裏，早已將你視作丈夫，什麼事情都不會瞞你，相反，你心裏有事，卻總不對我說。你說，你是不是不夠愛我？」高倩噘起嘴巴問道。

林東看到她凍得發紫的臉，心中滿是愧疚，說道：「倩，我不跟你說，那是因為都是一些不開心的事情，我一個人承擔就足夠了，不想你也跟著難受。」

「今天你到底是怎麼了？你從來沒有那麼失態過。」高倩追問道。

林東發出一聲長長的歎息：「倩，有些事情你還是不知道好。我本以為在社會上摸爬滾打兩年，已經沒有什麼是承受不了的，但是今天才發現，我的心要比自己認為的柔軟得多。」

「那是因為你是一個好人！只有好人才會心軟！」高倩說道。

林東搖搖頭，他怎麼會是個好人，好人怎麼會害死別人？倪俊才的死他難辭其咎，仔細想想，倪俊才與他並無深仇大恨，他卻間接害死了他。他的心裏一時承受不了，急需一個傾訴的對象，便將事情的經過說了。

「我玩的是資本，我不是殺人越貨的強盜匪徒啊！」林東內心充滿了自責。

高倩寬慰他道：「資本來到世間，從頭到腳，每個毛孔都滴著血和骯髒的東西。有時候，你做的事情，根本想不到會導致什麼結果。林東，你的出發點並不是要殺人，他的死是意外，你根本無須自責。」

高倩出生於黑社會背景的家庭，心腸要比一般人硬很多。她以一個旁觀者的角度出發，剖析事件，看得要比林東這個當局者更加準確清楚。

「無論我找何種藉口，他的死畢竟是我間接造成的，我雖不用承擔法律上的責任，但良心卻過不去。」

第六章

用命來還

「你們要多少錢才可以放人？」周銘實在是熬不住了，再這樣下去，他想他很快就會被凍死的。

萬源抽了口煙，想了想，說道：「至少也得兩個億。」

周銘嘴唇哆嗦了幾下：「兩億？老大，你看我像是有兩個億的人嗎？」

「但是你就欠我那麼多錢，如果你還不了，就只能用命來還了。」

萬源把煙頭扔在地上，腳踩在上面碾了碾。

大雪仍是紛紛揚揚從天空中飄落，高速上沒什麼車，因為路面較滑，林東也不敢開快。到了溪州市，已是晚上六點多了。他驅車去了倪俊才出事的地點，現場已經被打掃過了，看不出一絲發生過車禍的痕跡。

他將車停在公園門口，出神地看了一會兒前面不遠的三岔路口。今天，世界上多了一個不幸的家庭，一個女人失去了丈夫，一個孩子失去了父親。他與此脫不了關係，人不能死而復生，但是他必須為此做點什麼。

林東打電話向譚明輝問清楚了倪俊才家所住的地方。當他趕到濱江花園，來到倪俊才家門前，卻看到一群搬運工人正在忙進忙出。

林東看到一個正在指揮搬運工的中年婦女，上前問道：「你好，請問這兒是不是倪俊才的家？」

那中年婦女看了他一眼，說道：「以前是，但現在這房子歸我了。他已經賣給我了。」

林東想了想，就明白倪俊才為什麼把房子賣了。他要跑路，肯定需要錢。無奈之下，他只好開車去找到譚明輝，請求他幫忙找找倪俊才的老婆孩子。

譚明輝在溪州市的地界上人脈極廣，幾個電話就問到了倪俊才老家的地址。

「兄弟，倪俊才的老家在溪州市東面的平山鎮倪家村，離市區大概七八十里路。」譚明輝道。

林東道：「譚二哥，多謝你了，我現在就動身去平山鎮。」

譚明輝拉住了他，不解地問道：「老弟，倪俊才已經死了，你難道連他妻兒也不打算放過？」

林東一怔，反問道：「譚二哥，我在你心裏就是那麼一個心狠手辣的人嗎？」

譚明輝搖搖頭，問道：「那你找他妻兒幹嘛？」

「我不殺伯仁，伯仁卻因我而死。譚二哥，倪俊才死了，我內疚不安，想為他的妻兒做點事情。」

譚明輝鄭重地點點頭：「溪州市的路你不熟，我帶你去。」

二人共乘一輛車，由譚明輝開著車去了鄉下。到了平山鎮，譚明輝下車找了個人問了問倪家村怎麼走，那人告訴他沿著向西的路往前開，看到一條河，河岸上的村子就是倪家村了。

倪家村離平山鎮並不遠，他們開了十來里，就看到了一條路，路的對岸果然有一條寬闊的大河。譚明輝將車開進了村子裏，在村口遇到了一個老農，問道：「老師傅，倪俊才家怎麼走？」

老農正在門外掃雪，抬起頭看了看他倆，見不像是壞人，才說道：「就在前面，全村最破的一間房子就是他們家了。唉，家門不幸啊……」

前面路窄，林東就和譚明輝下車步行，往前走了大概兩百米，就看到一間破舊的瓦房，看樣子像是很久都沒人住了，那大鐵門已經是鏽跡斑斑，看不出原來是什麼顏色。

「周圍都是樓房，只有這一間瓦房，應該就是這兒了。」譚明輝道。

林東深吸了一口氣：「譚二哥，進去看看吧。」

二人邁步上前，門是虛掩著的，敲了敲門，沒人回聲，就推門進去了。

走到小院裏，滿眼的荒涼。譚明輝歎道：「這院子應該是上世紀八十年代建的，以溪州市農村家家戶戶的條件，現如今早就都是樓房了。」

倪俊才是農民的兒子，讀書很聰明，後來高考發揮失常，沒考上大學，於是就參了軍。後來當兵歸來，過了幾年，父母都去世了，他也去了溪州城裏闖蕩，除了每年父母忌日，他很少回來。後來他有錢了，也沒把父母留下來的房子推倒重建。

「有人嗎？」譚明輝在院子裏吼了一嗓子。

「叔叔，我媽媽昏倒了，你們快來救救他。」破屋裏衝出來一個十來歲的小孩，眉目清秀，小臉嚇得刷白。

林東衝進屋裏，把昏倒在地的章倩芳抱了起來，倪小明跟在他後面跑，滑了一跤。譚明輝二話不說，把倪小明從地上抱了起來，跟著林東往門外跑。林東抱著章倩芳一口氣跑到村口停車子的地方。

「快上車吧，送她去醫院。」林東沉聲道，把章倩芳放到了後座上。譚明輝抱著倪小明坐在前排。

林東開車直奔溪州市醫院，直到把章倩芳送進急救室，他才鬆了口氣。

章倩芳很快就被從急救室裏推出來了，她已經醒過來了，換到了普通病房了。林東問過了醫生，章倩芳並無大礙，只是傷心過度。林東和譚明輝朝病房走去，進了病房，見章倩芳已經下了床，正打算拉著倪小明離開。

「你身體很虛弱，不能下床的。」林東說道。

「媽媽，就是這兩位叔叔送你來醫院的。」倪小明指著林東和譚明輝道。

章倩芳臉色蒼白，沒有一點血色：「謝謝你們。小明，我們走吧。我沒事了，別在醫院瞎花錢。」

章倩芳從來沒有工作過，一直在家裏相夫教子，她以前的開銷全部是倪俊才給的，如今倪俊才已經死了，她身上已沒多少錢了。

「大姐，你就放心住下吧。我們都是倪老闆的朋友，聽說了他的事情之後，感到很難過。大姐，我們今天來，主要是為了倪老闆生前在我們那裏投資的事情。」林東說道。

章倩芳一臉緊張：「他是不是欠你們錢？」

林東說道：「不是。他幾年前在我們那裏參加了一個專案，現在他不在了，那投資的收益人就是你了。本金加收益，我們一共應該給他一千萬，這個錢，我們明天給你送過來，你就在醫院好好養病，不用擔心醫藥費的問題。」

章倩芳從來沒有聽說過倪俊才在外面投資了什麼專案，但她一想一千萬可不是個小數，這世上就算有做好事的人，也沒有那麼大手筆的。她想了想，應該是他真的投資了某個專案。有了這一千萬，他們孤兒寡母往下的生活就有了著落。

「謝謝你。你們都是好人。我老公生前投資過什麼，我一概不清楚，如果不是你們心好，我壓根就不知道會有這麼一筆錢。」章倩芳又哭了。

林東與譚明輝出了醫院，譚明輝拍拍他的肩膀。

「老弟，一千萬吶！你難道不知道心疼？」譚明輝很難理解他的做法。

「心疼是心疼，如果一千萬能換來心安，我樂意去換。」

汪海得知倪俊才被車撞死的消息，一口氣沒上來，暈了過去。

晚上，萬源參加完一個頒獎典禮剛回到溪州市，就被汪海一個電話叫了過去。

「你這是怎麼了？」萬源見汪海死氣沉沉的樣子，問道。

「倪俊才死了！」

萬源聽了這話，險些嚇得跌倒：「老汪，你糊塗啊，你把他殺了，那爛攤子誰收拾啊！」

汪海搖搖頭：「不是我殺他的，他是被貨車撞死的。」

「到底什麼情況，你說清楚。」萬源急問道。

汪海揉揉臉，將他所瞭解的情況仔細說了出來。

萬源聽罷，一拍大腿：「哎呀！我的一個億啊！老汪，都怨你，非得要到七十塊才出貨！現在倒好，全賠了！」

汪海被他一罵，也來了火氣：「老萬，當初若不是你提出讓倪俊才找林東談合作，能有今天這事嗎！我還沒抱怨，你倒先抱怨起來了。」

二人恨恨地看著對方，恨不得掐死對方。

過了許久，萬源先冷靜了下來，長歎了口氣：「老倪死得蹊蹺，老汪，咱倆別相互埋怨了。你派人好好調查調查，把事情弄清楚，咱再商量著怎麼辦。」

為了弄清楚倪俊才出車禍之前發生了什麼事情，汪海找來了私家偵探去調查。這事情其實很容易調查清楚，那偵探在溪州市走了一圈，花了半日的時間，就把一切都打探清楚了。

汪海的辦公室內，一個身著風衣，頭戴禮帽，大大的墨鏡遮住半張臉的中年男人坐在他的對面。

「汪老闆，您交代的事情我弄清楚了。倪俊才是因為被劉三的手下窮追不捨，所以才出的車禍。我順藤摸瓜，查到倪俊才從劉三那裏借了一千萬的高利貸，起初定下一個月後還本付息，可後來有個叫林東的人找到了劉三，他們談話的內容我不知道，但是那次之後，劉三就去了倪俊才的公司，把他和一個下屬打了，並且要他立馬還錢。我找到被打的那個下屬，他跟我仔細描述了當天的情況，可以肯定一點，劉三知道了倪俊才公司的財務狀況。」

汪海猛吸了一口煙，從抽屜裏拿出一疊鈔票，甩給對面的墨鏡男。那人收了錢，悄無聲息地離開了他的辦公室。

晚上，汪海和萬源進了一家夜總會的包房，兩個人坐在裏面喝著悶酒。

「這小子不可饒恕！」汪海今天已經喝了很多，但卻毫無醉意。他的雙目如杯中的酒一般殷紅，透著可怕的殺氣。

萬源靠在沙發上，不時發出一兩聲冷笑：「老汪，一個億啊！我多少年的身家就那麼沒了。」他帶著哭腔，近幾年他的娛樂公司投資了多部電影都以慘澹收場，本以為這次能賺一筆，哪知卻是血本無歸。

「半生心血，付之東流！」萬源瘋瘋癲癲，時而大哭，時而大笑：「不能饒、不能饒！」

汪海是最為頭疼的了，他好不容易從拆解公司那邊弄來了一個億堵上了公司的缺口，但好像有幾個股東已經發現了什麼苗頭，背地裏嚷嚷著要查賬，若是被查出他挪用公司公款，不僅他的董事長位置保不住，還極有可能進去吃牢飯。

「老萬，我這心裏又痛又恨吶！我要殺了林東！」

萬源道：「有仇不報非君子！老汪，仇是肯定要報的，但是須得計畫周全。林東狡猾得像隻狐狸，咱不能再出錯了。」

「老萬，我現在腦子發熱，冷靜不下來，你說，咱該怎麼做？」汪海道。

「據我調查，林東在倪俊才的公司埋伏了內鬼，是個叫周銘的，以前是金鼎投資的職員，後來做了倪俊才的內鬼，被林東發現之後，就到了倪俊才的高宏私募工作。這是個兩面三刀的傢伙，在高宏私募上班的時候，又被林東拉攏了過去。這小子幫了林東大忙了，這口氣我咽不下，我要先把他做了！」萬源咬牙切齒道。

汪海恨恨道：「這個周銘，簡直比三姓家奴還可恥！殺，必須殺！」

當倪俊才出車禍的消息傳到周銘耳中，他說不出多開心，只是長長出了一口氣，終於要跟這種躲躲藏藏的日子說拜拜了。這些天，他害怕倪俊才對他打擊報復，幾乎是晝伏夜出，都快憋出病來了。

閑了那麼久，總不能坐吃山空，周銘去人才市場逛了逛。雖然招工的單位很多，但是找不出月薪超過三千的，全是一些騙人的職位，以高成長能鍛煉人為藉口，騙一些涉世未深的大學生進去，每個月給個千把塊錢底薪。

周銘曾經月薪三萬，這些工作豈能入他的法眼。

周銘逛了一圈，覺得實在無趣，猛然想起林東，心想他幫了林東那麼多忙，擊垮高宏私募，也算是個功臣，林東該為他的工作出分力。

周銘找了個安靜的咖啡館，要了一杯拿鐵，慢悠悠地喝著，找出林東的電話，便撥了過去。

「喂，林總，好久不見啊……」電話接通後，周銘先是寒暄了幾句。

林東道：「周銘，你找我有事？」

周銘也不拐彎抹角，笑道：「是啊，林總，倪俊才死了，高宏私募倒了，我現在失業了，你不能眼睜睜地看著我這功臣晚景淒涼吧？」

「你想要錢？」林東問道。

倪俊才道：「我不要錢，我只要一份工作。」

林東心中冷笑，這個傢伙還真敢開口，若是要錢，他或許會給些，但是來求工作，那是絕對沒有商量的餘地。他對周銘瞭解很深，金鼎是不會再要這樣的人的，難道把這個害蟲推給別人？那更是不應該的事。

林東沒有直接拒絕他，說道：「找工作不是一時半會就能辦好的，我幫你打聽打聽，你也別抱太大希望，關鍵還是得靠你自己。」

周銘沒聽出他話裏敷衍的意思，反而說道：「林總，其實我挺懷念在金鼎的日子。那兒的環境和工作我都很熟悉，要不你就讓我回去繼續做個操盤手吧？」

「我這廟小，容不下你這尊大菩薩，抱歉。」林東直接拒絕了他。

周銘這才清楚林東的態度，他清楚林東的手段，不禁想起那次被周發財追要賭債的事情，只覺背脊似被冷風吹過，不禁打了個寒戰。

「林東，忘恩負義！」周銘的臉陰得嚇人，坐在角落裏，一肚子火氣無處發洩，只能在心裏一遍遍咒罵林東，一邊腦子裏盤算著工作的事情，突然想為什麼非得給人打工，難道就不能自己做老闆嗎？

老闆夢一開啟，周銘腦子裏便迅速描繪出一幅壯闊的藍圖，他放眼看到了輝煌的未來，身邊美女成群，奴僕上千，從者如雲。

「姓林的，老子還不稀罕去你的公司上班呢。瞧好吧，老子一定比你強！」

兩個月沒賭錢了，周銘實在心癢難耐，但一想到上次被周發財追討賭債的事情，心裏一陣陣害怕，賭還是不賭，在他心裏反覆衝突，無法抉擇。

周銘最終還是揣著錢包出了門，在賭場裏過了癮已是凌晨，路上幾乎沒有車輛行駛，周銘疲憊得很，只想儘快到家睡覺，也沒發現有兩輛車一直跟著他。他轉進了一個巷子，後面的兩輛車忽然加速，很快就超過了他，忽然急剎車，擋住了周銘的去路。周銘嚇出一身冷汗，一瞬間睏意全無，狂踩剎車，但是因為距離太近，還是發生了追尾。

「下車、下車！」前面車裏跳下來幾個壯漢，來勢洶洶，抄起地上的板磚就往擋風玻璃上砸，嚇得周銘差點尿了褲子。

周銘推開車門，被一名壯漢抓住頭髮揪了出來。

「疼、疼……哥幾個有話好好說，撞壞了你們的車，我全責賠償。」

那人二話不說，掄起手裏的板磚就往周銘的頭上拍去。周銘被這一下子砸懵了，半邊臉鮮血淋漓，這才意識到這幫人是故意來搞他的。

「我有錢，幾個大哥放了我，我把錢全部給你們。」周銘哀聲乞求道。

「俺們不要錢，你小子乖乖的，免得受皮肉之苦。」

兩名壯漢一邊一個，架起周銘的胳膊，把嚇得失魂落魄的周銘架上了車，一個壯漢開著周銘的車跟在後面。

他們將周銘帶到郊區的一個廢棄廠房裏，已經快要天亮了。周銘臉上的血是止住了，但因天氣寒冷，半邊臉被一塊塊血冰貼著，腦袋仍是昏昏沉沉，耳鳴不止。

那兩人把周銘五花大綁，綁在一根柱子上，確保他無法逃脫。那廠房四處漏風，周銘又餓又冷，時睡時醒，四肢已經被凍得失去了知覺。那些綁架他的人則在車裏面打著撲克。

天亮之後，一輛小轎車駛進了廠區，一直開進了廠棚裏，下來一個高高瘦瘦的中年男人，穿了一件黑色的風衣，雙目之中閃爍著精光，冷冷地朝周銘看去。

幾名壯漢紛紛上來和他打招呼，這中年男人正是萬源！他是開娛樂公司的，手底下養了一幫混混打手。

「把他弄醒！」萬源冷冷道。

一個刀疤臉的壯漢從車裏拿出一瓶礦泉水，對著周銘的頭頂淋了下去，冰冷的水灌入衣服裏，處於半昏迷狀態的周銘立馬清醒過來，發出一連串怪叫。他睜開眼，看到面前這個瘦高的男人，只覺十分眼熟，卻一時想不起在哪兒見過。

「老大，求你放了我，我口袋裏有錢，全給你。」周銘呼喊道。

萬源冷笑道：「小子，你口袋裏有多少錢？」

「兩萬多。」周銘答道。

「不夠。」萬源搖搖頭。

「你們要多少錢才可以放人？」周銘實在是熬不住了，再這樣下去，他想他很快就會被凍死的。

萬源抽了口煙，想了想，說道：「至少也得兩個億。」

周銘嘴唇哆嗦了幾下：「兩億？老大，你看我像是有兩個億的人嗎？」

「但是你就欠我那麼多錢，如果你還不了，就只能用命來還了。」萬源把煙頭扔在地上，腳踩在上面碾了碾。

「嘿！你小子的命竟然值兩個億，死也值了。」老三冷笑道。

「老大，我實在記不起什麼時候欠了您錢，您一定是搞錯了，求您放了我吧。」事到如今，周銘唯有苦苦哀求。

萬源上前踹了他一腳，痛得周銘死去活來。

「你記不得？好，我給你提個醒。倪俊才你認識嗎？林東你認識嗎？現在該知道我說的兩個億是什麼意思了吧！」

周銘嚇得睜大眼睛：「你、你是萬源！」

因為經常會有萬源與女星的緋聞見諸報端，難怪周銘看到他會覺得眼熟。當他提起倪俊才和林東，周銘才想到眼前的這人就是娛樂公司的老總萬源，正是投錢給倪俊才運作的幕後金主之一。

「萬老闆，我是逼不得已啊，都是林東逼我的。」

周銘清楚這夥人不是要錢的，而是來要他的命的。

「你做了鬼之後去找他算賬吧。」萬源冷冷一笑，對老三道：「離場子不遠，我來時見到有條河，河上有座橋，水泥板鋪的，沒欄杆。」

老三點點頭：「放心吧老闆，你的意思我明白了，一定做得天衣無縫。」

萬源上了車，轉眼就從廠區消失不見了。

「兄弟，對不住了。」老三開始為周銘解開繩索，其他幾個壯漢也圍了過來。

「你們要幹什麼？」

「送你上路！」

「林總，客戶交流會已經準備得差不多了。請柬我已經都製作好了，這是名單，你看看是否還有需要補充的。」

林東接過穆倩紅擬定的客戶名單，掃了一眼，說道：「嗯，很齊全。對了，關於回饋客戶的禮品，你有什麼好的建議？」

穆倩紅也正想問這個問題，就說道：「有的銀行在年終的時候會送一些大客戶銀條或是金條什麼的，要不咱們也借鑒他們的做法？」

林東擺擺手：「那個太俗氣，咱們的客戶都是有錢人，送金條也沒多大印象。嗯……讓我想想。這樣吧，我們送金鼎！現在的金價大概是三百六十元左右一克，咱們就送二十克的金鼎！」

穆倩紅拍手稱讚：「送金鼎好。鼎在我們中國人的心中意義非凡，向來是權利與地位的象徵，送金鼎要比送金條有意義。只是二十克會不會太多了？那可是一筆不小的金額。」

「別太計較成本。咱們回饋客戶越多，客戶對我們的印象越好，有助於促進與客戶的良好關係。關係可是用錢買不來的。」林東笑道。

穆倩紅站了起來，說道：「我明白了。林總，我這就去聯繫做金鼎的公司。」

林東看了看時間，已經過了下班的時間，他開始收拾東西，準備回家。

這時，門被推開了，紀建明一臉肅穆走了進來。

「林總，剛收到消息，周銘死了。」

林東一怔：「什麼？」

「周銘死了。」紀建明重複了一遍。

「他昨天還給我打了個電話，老紀，這到底怎麼回事？」

「據咱們的人傳回來的消息，昨天周銘離家之後，一夜未歸。今天下午，東拉河附近的村民在河面上發現了一個巨大的冰窟窿，以為是河裏出了水怪，報告了當地派出所。警員到了之後，發現河底沉沒了一輛轎車，打撈上來之後從死者身上找到了身分證、駕駛座等證件，才確定了死者就是周銘！」

紀建明看著林東，擔憂地說道：「林總，周銘死得蹊蹺啊，我認為你該加倍小心，謹防有人要對你不利。」

林東笑了笑：「別見風就是雨的，他興許是酒喝多了開車掉河裏去了。」

紀建明道：「希望如此。林總，那我先下班了。」

紀建明走後，林東的心久久不能平靜。周銘的死，無疑敲響了他心中的警鐘。想一想上次獨龍暗殺他的事件，汪海與萬源極有可能幹出殺人之事。如果他的所料沒錯，周銘真的是他倆殺的話，那麼就多了一個人因他而死。

唉，林東的心裏深深自責，他心情抑鬱地離開了辦公室，到了家裏，想起前陣子才得知大學室友陶大偉正在溪州市市局當員警，就打電話過去問問周銘的案子。

「喂，大偉，周銘被殺你知情嗎？」林東問道。

陶大偉是刑警隊的，這件案子剛剛移交到他們隊裏，對此瞭解還不算多，「林東，這案子我今天剛接手，瞭解不是很多，你怎麼也關心起這個？」

林東道：「周銘是我認識的人。」

「這樣吧，屍檢報告最快明天中午就能拿到，拿到之後，我第一時間打電話給你。」陶大偉道。

第二天上午，穆倩紅向林東彙報說客戶交流會的各項準備已經都做好了，一個星期後，饋贈客戶的金鼎就會做好。她前腳剛走，紀建明後腳就跟了進來。

「林總，查到個事情。杜凱峰在亨通地產的線人提供了一個可靠消息，汪海挪用了公司一個多億的公款！」

這絕對是個重磅消息，林東一拍巴掌：「太好了，正愁抓不到汪海尾巴。這個月多發給杜凱峰兩萬元獎金。」

汪海挪用了那麼大一筆的公款，這個消息如果透露出去，其他股東肯定會要求查賬，那麼汪海的日子就不好過了。

「老紀，我要亨通地產十大股東的資料。」

紀建明道：「你稍等，我馬上去查。」他出去了不到十分鐘，就將資料帶了進來，遞到了林東面前。

看著這份股東名單，林東知道主動出擊的機會來了。他仔細研讀了這份股東名單，汪海作為第一大股東，持有亨通地產百分之四十的股權，第二大股東名叫宗澤厚，持有百分之二十五的股權，第三大股東名叫畢子凱，持有百分之十五的股權。

「老紀，叫你的人重點調查一下亨通集團內部大股東的關係。」

「好，我這就去辦。」說完，紀建明就離開了他的辦公室。

中午，林東剛吃完午飯，就接到了陶大偉打來的電話。

「林東，周銘的屍檢報告出來了。不是一場事故，而是謀殺！法醫的屍檢報告證實周銘是在被擊暈的情況下被塞進車裏，從他身上來看，有被繩子捆過的勒痕，可以推斷他是被綁架的。」

陶大偉的話證實了林東的猜測，周銘果然是被殺的，看來紀建明的提醒是正確的，他真的該小心了。

「周銘是你殺的？」

夜總會的包房內，汪海盯著面無表情的萬源。

萬源的嘴角溢出一絲冷笑，沒有直接回答汪海的問題，反問道：「難道他不該死嗎？」

「該死！」汪海喝了一口紅酒，「不過，最該死的應該是林東！」

萬源笑道：「老汪，你別急，我很快就會送林東下去陪他。」

汪海清楚萬源的做事方式，心知他一定有了完全的計畫，但仍是忍不住提醒他一句，「老萬，林東可不是一般人，別忘了，獨龍那樣的狠角色都折在了他的手裏，咱們不能掉以輕心。」

「我們在暗他在明，要殺他易如反掌。」萬源冷笑道。

汪海哈哈一笑，「老萬，這事就交由你負責了，你辦事我放心，我去叫幾個公主進來玩玩。」

陶大偉一早就給林東發了簡訊，叮囑他最近要注意安全，最好不要單獨外出。

林東到了公司，將劉大頭和崔廣才叫了進來，如往常一般，問了問最近金鼎一號和二號的收益情況。臨近年關，許多資金都採取了保守態度，林東卻反其道行之，以超人的洞察力，快速準確抓住了幾支大牛股，因而金鼎一號的淨值增長情況還是令人滿意的。

至於金鼎二號，除了在大方向上予以指導外，他已完全放手讓劉大頭和崔廣才去操作。這兩人也是頭一次挑大樑，心裏都極想把這支票做好。新婚不久的劉大頭主動要求加班，在其他人都下班後，仍與崔廣才在辦公室討論第二天的交易計畫。

「二位，金鼎二號你們做得不錯。你們也都知道，投錢給二號的客戶都是一些中產人士，咱們得盡心盡責，千萬不能把他們用於買房、教育和醫療的錢賠了。」林東叮囑道。

劉大頭和崔廣才自信滿滿，兩人同聲道：「放心吧！林總，賠不了。再說，還有你把關呢。」

「老崔、大頭，咱們公司大了，事情會越來越多，而我又沒有三頭六臂，精力終究是有限的。金鼎不是一家私人作坊，光靠我一個人是遠遠不夠的，這也正是我放手讓你們去做的原因。一人強不算強，一群人強能幹過狼！」

林東說話之時臉上帶著微笑，而聲音很沉重。

劉大頭和崔廣才各自看了看對方，長久以來，他們已經習慣於在林東的指揮之下做事，倒是忘了要從公司的層面去思考問題。剛才聽了林東的一席話，頓時如醒醐灌頂，這才明白林東的想法，更加欣賞林東的遠見卓識和深遠用意。

「我們明白了！林總，必不會讓你失望！」

劉大頭和崔廣才感到肩上的擔子沉甸甸的，這是一份壓力，也是一種動力，更承載了林東對他們期望。

他們剛走不久，紀建明就進來了。

「據亨通地產內部的中層管理人說，汪海與宗澤厚和畢子凱的關係並不怎麼好，甚至在董事會上有開口對罵的情況。」紀建明彙報道。

林東沉吟了一下，問道：「汪海這個董事長不好幹啊，對了，畢子凱與宗澤厚的關係怎麼樣？」

「也不好。這兩人是親戚，畢子凱娶了宗澤厚的妹妹，宗澤厚是他的大舅子。但前年宗澤厚的父親富商宗崇明死了，畢子凱沒分到一分錢家產，自那以後，二人就有了芥蒂，這幾年據說從不私下走動。」

「呵，又是一幅浮世繪。」林東笑道。

汪海與第二、第三大股東的關係都不好，這對林東而言絕對是件好事。但是令他沒想到的是，宗澤厚和畢子凱也鬧僵了，這可是件麻煩事。

「老紀，讓兄弟繼續深挖汪海挪用公款這事。」林東道。

紀建明點點頭：「放心，我會的。」

「對了，你弄兩封匿名信，把咱們掌握的汪海挪用公款的資料給宗澤厚和畢子凱每人寄一份，然後派人監視他倆有什麼動作。」

紀建明明白林東的用意，笑了笑，說道：「好的，我現在就去辦。」

第七章
狙擊手

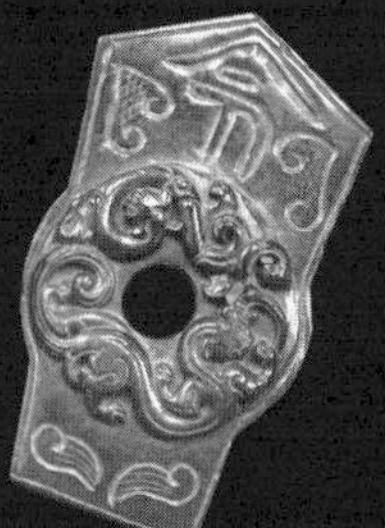

「萬老闆，我已到位，正等待獵物出現。」

黑暗中，一人匍匐在冰冷的樓頂上，

他一身黑衣上落了一層厚厚的白雪，已不知趴在這裏多久了。

多年的雇傭兵生涯讓他學會了如何利用環境偽裝自己，

即便現在有人從樓頂上走過，也不會發現這上面還有個人。

中午，高倩把在美麗爾辦好的養身卡送了過來，這是年卡，一張要三萬多塊。由於年節送禮送了許多大老闆名酒，唯獨陳美玉不適合送酒，於是林東拜託高倩辦了一張會員卡。林東心想這份禮不算重不算輕，送給陳美玉正好合適。晚上下班之後，他開車離開了公司，在路上給陳美玉打了個電話。

「陳總，最近忙嗎？」

電話裏傳來陳美玉的笑聲：「忙也不忙，林總，怎麼想起來給我打電話了？」

林東笑道：「許久沒見了，想去拜訪你，不知陳總有沒有空接見。」

陳美玉笑道：「我今天身體有些不適，正好沒出去，你要是不嫌路遠，就到我家裏來吧。」

林東記得陳美玉郊外大別墅的位置，金鼎公司剛成立那會兒，為了拉資金，他是搭車過去的，因而印象特別深刻。他開車往郊外駛去，路的兩旁沒有路燈，他對這條路不熟悉，因而放緩了車速，緩慢朝前開去。

往前開了一段，就進入了一條坑坑窪窪的土路，頗為顛簸，但已經可以看到前方不遠處那棟燈火輝煌的大房子了。

別墅有供暖裝置，林東進了屋內，頓覺全身暖洋洋的，風衣穿在身上都覺得稍微有點熱。

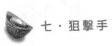

過不久，聽到樓梯上響起腳步聲，他抬頭望去，陳美玉身著睡袍，扶著雕花的木製扶手緩緩走了下來。

陳美玉在林東的對面坐了下來，看上去面色蒼白，說話的聲音也有些沙啞。

「打擾陳總休息了，林東抱歉之至。」

陳美玉笑了笑，忽然捂住嘴咳嗽了幾聲，傭人聽到她咳嗽，趕緊將剛熬好的中藥端了過來。

陳美玉笑道：「林總，讓你見笑了。唉，年紀大了，早上下水游了一會兒冬泳，上來之後就感到不舒服了。」

林東訝然：「陳總，這天寒地凍的，你還冬泳！」

「這有什麼！冬泳對人的好處可多了。你不見許多六七十歲的大爺，在岸上用雪擦擦身子，然後下水游兩小時。他們不僅沒被凍壞，而且身體變得更加強健。」

蘇吳大學附近有一個六十多畝的大湖，冬泳林東也見過很多次，但他卻不能接受陳美玉這樣的如花麗人冬泳。陳美玉不心疼自己，他都心疼。

林東從口袋裏掏出年卡，遞給了陳美玉，「看來我這次的禮物是選對了。」

陳美玉一看是美麗爾的養身卡，問道：「林總，你這是為何？」

「沒別的意思，快過年了，算是感謝你對金鼎的支持。」

陳美玉也就沒推辭，笑道：「唉，林總，你有所不知，美麗爾我有股份的，我去那裏根本不要錢。不過，你送我這個，我還是很開心的。左老闆說你送了他一箱酒，這都過去好幾天了，我還以為你沒把我放在心上呢。」

林東擺擺手：「怎麼可能！你跟左老闆他們不同，我總不能也送你一箱酒吧！」

陳美玉道：「看得出你是花了心思的。」

二人又聊了一會兒，聊到了西郊的那塊地，陳美玉已打點好一切，就等明年開春動土。與陳美玉合作很愉快，很多時候他只需要出錢，陳美玉雖是個女人，但能量卻絕不在他之下，辦起事來一路綠燈。

時候不早，林東起身告辭，陳美玉堅持要把他送到門外，林東不肯，說她不能吹風，但架不住陳美玉的倔勁，只好同意。

他開車沿原路返回，穿過那條兩三里的土路，就上了一條水泥路。往前開了不遠，眼前恍惚有個人影閃過，林東提高了警惕，看清了前面的路面並無什麼異常。他加大油門，加速前進。

砰、砰……接連幾聲車胎爆炸的聲音傳來，車子失控，猛地往路旁衝過去。林東猛打方向盤，但距離太短，車速又很快，車子還是義無反顧地衝出了水泥路。車燈晃眼，他看到的是一面陡坡。

林東驚出一身冷汗，猛踩剎車，車子卻一點反應都沒有，一定是有人對他的車子動了手腳，猛然想到剛才那一晃而過的人影。

車子撞到了陡坡上的一株碗口粗細的楊樹，楊樹應聲斷為兩截。巨大的衝擊力使林東的身體猛烈往前衝去，他的頭撞在了擋風玻璃上，左手臂不知撞到了什麼，只覺骨頭發出一聲沉悶的聲響。

車子的一只大燈已經被撞壞了，另外一只燈在閃爍，似乎隨時都有可能熄滅。林東看到斜坡下面是一條河，車燈照射範圍有限，看不清楚這條河有多寬。他捂住劇痛的胳膊，費力地踹開車門，手腳並用，從車裏爬了出來。他剛爬到路面上，只聽陡坡上傳來微弱的泥土鬆動聲。

他凝聚目力望去，直接斷成兩截的楊樹根部正在破土而出，想必是車身太重，坡度又太陡，這棵小樹不堪重負，終於要支撐不住了。

泥土鬆動的聲音不斷傳來，兩三分鐘後，隨著一聲巨響，林東眼睜睜地看著他的愛車衝入了河裏，壓碎了冰封的河面，漸漸沉入了河底。

林東長出了一口氣，有種劫後餘生的感覺。如果他沒有當機立斷，從車裏爬出來，此刻，他將和周銘一樣溺水而亡。

呼吸漸漸平靜下來，這絕對不是一場偶然發生的事故，而是有人故意要弄死他。林東不用想，這事情肯定是汪海與萬源所為。他的心中充滿了憤怒，熊熊的復仇之火在心中燃燒，令全身的血液沸騰起來。

這是一場你死我亡的遊戲，沒有規則。

林東忍住疼痛，在路上等了半天也沒有一輛車路過。不巧的是，他的手機插在車載充電器上，爬出來時忘了拔下手機，如今也已隨車沉入河底了。郊外的朔風吹在身上，凍得他四肢僵硬。

不能再站在這裏死等了，如果一夜沒有車路過，他非得凍死不可。林東打算往回走，他估計這裏離陳美玉的別墅至多二十里路，走快點的話，一個小時就能到。

夜黑無月，走在這條郊外的水泥路上，猶如一條看不到盡頭的暗道。河水冰封了，蟲子還在冬眠，除了充斥天地間的風聲，便只有樹梢偶爾傳來的一聲聲寒鴉的孤鳴。

手上的疼痛感越來越強烈，林東強忍著劇痛，加快腳步，寒夜裏，額頭上蒙了一層冷汗。

也不知走了多久，感覺生命中從來沒有走過那麼長的路，他終於到了水泥路的盡頭，踏上土路的那一剎，他有種溺水的人游到了岸邊的感覺。

上了土路，就離陳美玉家不遠了。

林東往前走了幾分鐘，就看到荒野之中的一棟燈火閃亮的大房子。那燈火，在他心裏簡直就是這輩子看過最美的燈火。

終於到了！他一時忘記了疼痛，抱著胳膊邁步疾行，十來分鐘就到了陳美玉家的門口。

林東舉起一隻拳頭朝門砸了幾下，只聽一陣雜亂的腳步聲傳來，陳美玉家裏的四五名女僕各持「武器」，朝門口湧來。

「是我，林東，麻煩你傳一下。」林東答道。

「林先生，你不是走了嗎？」那人追問。

「路上出了點事情，麻煩開開門。」

那人記得林東的聲音，迅速跑到陳美玉的房裏。

「林先生又回來了，在外面叫門，開不開？」

陳美玉躺在床上，聞言一驚：「你快去開門，我隨後就來。」

林東剛進客廳，陳美玉也從樓上下來了，見他神色痛苦，問道：「林總，你這是怎麼了？」

「可能是骨折了。」林東答道。

陳美玉訝聲道：「出車禍了？」

林東搖搖頭：「應該說是人禍。」

陳美玉道：「我開車送你去醫院。」

林東阻止了她：「陳總，現在不能去醫院。」他怕要害自己的人埋伏在路上，這一路偏僻無車，且黑暗無光，絕對是設伏的絕佳之處。如果此時去醫院，說不定正中對手的下懷。

陳美玉猛然想起了什麼，問女僕道：「馮姐，你是不是在醫院裏做過護士？」

馮姐點點頭：「我是十幾年的老護士了。」

「你來看看林總的傷勢。」陳美玉道。

馮姐幫林東把外套脫了下來，在他左臂的幾處碰了碰，詢問是否疼痛。她雖是護士，但在醫院裏待了十幾年，也算是半個醫生。經她診斷，基本可以確定林東的左臂骨折了。

這裏地處偏僻，陳美玉在家中準備了許多成品藥和一些醫用物品。她吩咐傭人把那些東西搬出來，馮姐驚喜地在裏面看到了夾板，就幫林東先做了固定，其他的事情等到明天去了醫院，自有醫生為他料理。

「謝謝你，馮姐。」林東感覺好了一些，坐了下來。

陳美玉遣走了所有傭人，問道：「林總，到底發生什麼事情了？」

林東將在回去路上發生的突發事件原原本本說了出來，說到驚險之處，陳美玉驚訝地捂住了嘴巴。

「到底是什麼人，非要置你於死地？」陳美玉情緒波動，一臉憤怒。

林東苦笑：「具體是誰幹的，我還不能確定，但是十有八九是那兩人幹的。」

陳美玉也是生意場上的人，有些話她不需要林東說清楚，也能猜測到，說道：「我在公安局有些朋友，如果你需要保護的話，我可以幫你聯繫。」

林東感激地看了陳美玉一眼：「陳總，我沒那麼容易被他們弄死。謝謝你的好意，暫時還不需要。」

陳美玉清楚他是想引蛇出洞，仍是忍不住提醒一句：「林總，不要拿性命做賭注，你這樣會把自己置於很危險的境地。」

「有些事是防不勝防的，就算我二十四小時保鏢不離身，仍是有可能被幹掉。與其這樣提心吊膽，還不如活得輕鬆一些。」

陳美玉瞭解林東，清楚他倔強的性格，極有主見，很難聽進去別人的意見，既然如此，她也就不再浪費口舌。

「去樓上睡吧，我幫你收拾床鋪。」

第二日清晨，吃完早餐之後，陳美玉就開著車送林東去醫院。車開到昨晚出事的地方，林東讓陳美玉停下來。

「這路上可能還有釘子之類的東西，我下去找找。」

陳美玉攔住了他：「我這車是防爆輪胎。你坐好了。」她加大馬力衝了過去。

陳美玉直接將車開到九龍醫院，高倩已安排好了病房，並請來了最好的骨科大夫。今天一早，林東才打了個電話告訴高倩昨夜出事了，原本高倩還想抱怨為什麼不第一時間告訴她，但一聽到他手臂骨折，掛了電話就開車到九龍醫院打點一切。

她的父親是九龍醫院的大股東，高倩利用這層關係，一路綠燈，在林東未到之前已打點好了一切。

不到八點，林東就到了九龍醫院。高倩心疼地抱著他，聽林東說到昨晚的驚險之處，恨不得提兩把刀砍死害她男人的混蛋。

「看到人長什麼樣子沒有？告訴我，我叫李龍三把他們找出來。」

高倩脾氣火爆，若是知道是誰想害林東，真能砍死對方。林東好不容易把她勸住，說道：「我的大小姐，別整天打打殺殺的好不好？我連對方的人影都沒看到，哪能知道對方的相貌？」

陳美玉在一旁看了一會兒，忍不住笑了出來。

「林總，把你交到高小姐手裏我就放心了，我先回去了。」

高倩把陳美玉往外面送了送，回來時，醫生已開始為林東做檢查。她在外面等了一會兒，等到檢查結束，就上前問道：「醫生，他的胳膊怎麼樣？」

「骨折了，修養兩三個月就能好。」醫生道。

林東躺在床上，聽到了高倩與醫生的對話。今天早上醒來之後，他已覺得比昨晚的疼痛減輕多了，並且左臂可以活動，聽到要兩三個月才能好，他很不願意接受這個事實。

送走醫生，高倩就走到床邊：「林東，醫生建議我在飲食上下工夫，那樣你的傷會好得快些。」

一個矮小精瘦的男人出現在萬源家的門前，他四下看了看，悄無聲息地進了萬源的家。

「路橫，你怎麼不敲門就進來了？」萬源見到他進來，心有不滿。

路橫嘿嘿一笑：「萬老闆，我可是省公安廳通緝的要犯，再說，我進別人家的門，從來就沒有敲門的習慣。」

「事情順利嗎？」萬源關心的是這個。

路橫搖搖頭：「天太黑，他死沒死我不知道，反正車子是掉河裏去了。」

萬源把一個信封丟給路橫：「這是你的報酬，在我眼前消失吧。」

林東一覺睡到中午，他是被高倩推醒的，還沒睜開眼睛就聞到了一陣陣誘人的香味。

「倩，你帶來了什麼？」林東單臂支撐起身體。

高倩在他睡著了之後就開車回了家裏，與傭人一起熬了黑魚湯和豬蹄湯。

高倩打開飯盒，說道：「你坐好了，我來餵你。」

林東只好老老實實坐好，由高倩來餵他吃，心頭湧起一陣陣甜蜜蜜的幸福感。

飯還沒吃完，病房裏就擁進來一群人，他抬頭一看，都是金鼎公司的員工。

「你們怎麼都來了？」林東問道。

穆倩紅作為員工代表，上前說道：「林總，聽說你受傷了，大家都吵著鬧著要來看你。怎麼樣，傷勢嚴重嗎？」

林東擺擺手：「沒什麼大礙。」

穆倩紅見他左臂上打著石膏，不禁眼圈一紅，問道：「林總，你好好休息，要不我們把客戶交流會的日期延後吧？」

林東斷然拒絕：「我又不是傷到了大腦，不妨礙與客戶交流。倩紅，交流會正常舉行。客戶就是上帝，咱不能放上帝的鴿子，大家說是不是？」

這時候還不忘開玩笑，老闆是如此樂觀，引起員工們一陣大笑。

大家放下東西，默默地退出了病房，他們心中都有一個信念，那就是要在老闆不在公司的這段時間把工作做得更加出色。

眾人很快散了，只有紀建明還留在病房裏，他有事情要向林東彙報。

「那兩封匿名信我已成功送到了宗澤厚與畢子凱的手裏，據咱們派去盯梢的人彙報，二人看了信之後都很激動，已經開始行動，在暗中悄無聲息收集汪海挪用公款的證據。」

林東笑道：「他們的反應完全在我預料之中，這說明他們與汪海不是一條船上的，都憋著勁想弄死汪海呢。他們是我們要團結的對象，打擊汪海，我們需要借助宗澤厚與畢子凱的力量，同時，他們想打擊汪海，也需要借助我們的力量。」

紀建明深以為然，點頭問道：「林總，下一步我們該怎麼做？」

林東略一思慮，說道：「汪海與萬源前後給了倪俊才兩個多億，這可是一筆鉅款。他若想填補這個窟窿，必然會去找人拆借。你們情報收集科就從這點入手，看看他找了什麼人借錢。」

「明白了，林總，我回公司了，你好好休息。」紀建明起身告退。病房裏又只剩下高倩和林東兩人，高倩端起飯盒，繼續餵他吃飯。

「你倒好，把這兒當成辦公室了。」高倩的語氣帶著責備，她不想心愛的人太過操勞，那樣對他的傷勢恢復不利。

吃完午飯，林東才想起手機隨車子沉河裏了，說道：「倩，你下午去幫我買個手機，再把電話卡補辦了。對了，還得找人把車子撈上來。」

高倩道：「車子的事情你不需要煩心了，警方已經派人過去了。手機和電話卡我會幫你辦妥的。對了，我估計你的車就算撈上來也報廢了，抓緊時間想想買什麼新車吧。」

那輛奧迪Ｑ７畢竟是他第一輛車，並且還是溫欣瑤送給他的，對那輛車，他有很深的感情。想到此處，林東不禁怒火萬丈。但他不能像汪海與萬源那樣不擇手段，與他們不同，林東裏外都是個正當的商人，就算是與這類流氓作鬥爭，也只能採取合法的手段。

高倩安撫道：「你別生氣了，氣壞了身體只會讓敵人笑話。」

林東摟緊了她，深深吸了口氣。

「倩，你放心，我一定會保持冷靜的。」

下午兩點左右，門外來了兩名壯漢，推開房門，對高倩道：「大小姐，龍哥讓我們來的。」

這兩人是高倩父親高紅軍的保鏢團的，高的叫丁泰，矮的叫李虎。高倩害怕有人到醫院來對林東不利，就讓李龍三選兩個得力的人來保護林東。

林東看著面前這兩個彪形大漢，看著高倩，問道：「怎麼，你還給我派來兩個保鏢？」

高倩點點頭：「是啊，他倆都是市級的散打冠軍，厲害著呢。」

林東仔細一想，確實有這個必要，高倩想得比他周到。

丁泰和李虎跟林東打了招呼，就去病房外面守門去了。

高倩在病房裏和林東說了一會兒話，也出去辦事去了。空蕩蕩的病房裏只剩下林東一個人，實在無趣，只能睡覺。

不到四點，高倩就回來了，拿回一部新的手機。

「補辦的卡已經幫你放在手機裏了。」

「東，時間不早了，我該回去拿晚飯了。」高倩說道。

林東在她臉上親了一下，深情地說道：「倩，你對我真好。」

高倩在他臉上捏了一把：「你多休息，我走了。」

她走後，林東仔細看了看那些發來的簡訊，一一回了過去。隔了不久，忽然接到了蕭蓉蓉的電話。

蕭蓉蓉已經知道了林東車子掉進了河裏的事情，特意打電話過來問問情況。

「林東，據我們現場勘查的同事說，你的車子是被釘子扎破了車胎，致使失控衝進了河裏。我們在現場還找到多個釘子，看來是有人故意要害你。對了，你人怎麼樣？」蕭蓉蓉關切地問道。

林東笑道：「萬幸，我從車裏爬了出來，只是左臂骨折，若不然，就和車子一起沉河裏去了。」

蕭蓉蓉道：「今晚我值班，不能過去看你。你把地址告訴我，我明晚去看你。你知道嗎，你將會收到咱們局的特殊保護。」

林東大感詫異，以為蕭蓉蓉是在開玩笑：「我又不是高官要員，你們怎麼可能會對我進行特殊保護？」

蕭蓉蓉解釋道：「據我所知，咱們局百分之九十的同事在你的公司投了錢，你現在就是財神爺、搖錢樹，咱們怎麼能夠容許別人對你不利？不過這特殊保護是自發的，以後會有人在你家和公司周圍加強巡邏。」

林東心中很感動，他為民謀了利，民眾也不會忘了他。

「代我謝謝你的同事們。」

馮士元拎著東西到了醫院，瞧著門外的兩個「門神」，微微笑道：「進你這兒還挺難。」

林東搖頭苦笑：「馮哥，不是高倩多事，而是確實有必要。有人想幹掉我，我不得不小心吶。」

馮士元問道：「老弟，到底怎麼回事？誰跟你仇深似海，非要置你於死地？」

「暫時還不能確定，只能小心防備吧。」林東搖搖頭。

「你可千萬不能有啥三長兩短，否則老馮在蘇城連個說話的人都沒有。」馮士元歎道。

「對了，你最近和姚萬成鬥得怎麼樣？」林東問道。

馮士元哀歎一聲：「此人不好對付啊。江省分公司的領導大多數都站在他那邊，我想把他徹底趕出營業部是不大可能的，除非姚萬成犯了什麼大錯。哦，有件事忘了告訴你，魏國民出來了。」

這消息倒是出乎林東意料，心想鄭紅梅的能量還真不小，竟然能把魏國民撈出來。

「好事啊，老魏既然出來了，哼，姚萬成的日子就不好過了。魏國民可不是善茬，姚萬成害他那麼慘，他不會善罷甘休的。」林東分析了一下。

「我坐山觀虎鬥，其樂無窮。」馮士元呵呵一笑。

聊了將近一個小時，馮士元接到秘書的電話，說是分公司的領導來營業部視察工作，就快到蘇城了，要他馬上回去。馮士元無奈地攤開手：「姚萬成就會搞這一套。老子整天忙著接待分公司的大小頭頭，哪有精力管理好營業部？」語罷，連連歎息。

林東送他到醫院大門口，丁泰和李虎二人跟在後面寸步不離。

「高倩倒是會挑人，這倆保鏢忠心耿耿，盡心盡責。呵呵。」馮士元上車之前不忘開個玩笑。

接下來的四五天，病房成了林東的接待室。每天早上一睜眼，他就一直忙著接待各路人馬。這些人要麼是朋友，要麼是客戶，甚至還有蘇城的領導，都是他不得不見的。晚上睡覺的時候，他不禁感慨起來：所謂好事不出門，壞事傳千里，摔斷了一隻胳膊，什麼人都來了。

每個夜裏，在林東沉睡之後，胸口的玉片都會發生奇異的變化，他的手臂正在以不可思議的速度復原。住院第五天，骨科的專家例行來為林東做個檢查。一切檢查完畢之後，這行醫幾十年的老大夫找出了林東入院時拍的片子，仔仔細細看了不下五遍，確信林東當時的確是骨折了。老大夫從來沒有那麼困惑過，一個人身體再好，也不可能在短短幾天恢復。按照這個速度下去，再過兩天，他就可以為林東拆掉石膏了。

「陳老，林東的手臂到底恢復得怎麼樣？」高倩見這老大夫摸了半天鬍子就是不說話，以為是出了啥不好的情況，心急地問道。

陳老大夫歎了口氣，對林東道：「小夥子，你的身體很奇怪，我行醫四十幾年，還沒遇到過你這麼好體質的人。」

「什麼意思？」高倩問道。

陳老大夫笑道：「小高，你別急嘛，你只要知道他恢復得好就行。」

高倩聽了之後很開心，笑著對林東說道：「你恢復得這麼好，多虧了我每天煮黑魚湯給你喝。」

「倩，我不想住院了。每天都有很多人來看我，我感覺我就像是動物園的大猩猩，還不如出院回家，落得個清靜。」林東道。

這種情況高倩是知道的，她想了一想，就同意了。

「那好吧，我一會兒就去給你辦出院手續，但你必須隔兩天就來檢查一次。傷筋動骨的事情可不能不在意。你若不答應我，就別想出院。」高倩噘起嘴巴。

林東笑道：「好，都依你。」

第二天早上，丁泰八點到了林東家裏，開車帶著他去了金鼎公司。

當林東走進金鼎投資的辦公室時，所有人都投來了詫異的目光。

「林總，你怎麼來上班了？」穆倩紅上前問道。

林東笑道：「醫院裏待不下去了，我閑不下來。」

「胳膊不疼了嗎？」穆倩紅也曾經骨折過，她清楚地記得自己當時疼了多久，而眼前的林東卻是一臉笑意，一點也不像是骨折的樣子。

「大家專心工作吧，我又不是動物園的大猩猩，沒什麼好看的。」林東笑道。

辦公室裏響起一陣大笑，笑聲平靜了之後，所有人都低頭專心工作。

進了辦公室，紀建明就進來了。

「老紀，宗澤厚和畢子凱那邊有什麼情況？」

紀建明一臉興奮之色，笑道：「我來找你就是為了這事，他倆最近開始頻繁接觸亨通地產的小股東，據線人傳來的情報分析，這兩人是在拉攏人馬，準備召開股東大會查賬。」

林東點點頭，宗澤厚和畢子凱的反應都在他預料之中。

「各自為戰是不行的。怎麼把這二人的力量聯合起來，這就是咱們的事了。」

「你一定已經想好了辦法。」紀建明呵呵笑道。

林東搖搖頭：「我對宗澤厚和畢子凱沒什麼瞭解，但我相信，共同的利益會讓我們走到一起。」

紀建明走後，穆倩紅進了他的辦公室。

「林總，咱們定制的金鼎已經全部做好了。明天的客戶交流會將如期舉行，你的身體可以嗎？」

林東笑道：「沒問題，明晚我會準時出席的。這段時間你們公關部的同事們辛苦了，忙完明晚的事，本應該讓你們休息，但是又有新的情況了。倩紅，亨通地產的第二和第三大股東叫宗澤厚和畢子凱，你派人和這兩人接觸接觸，先搞好關係。」

穆倩紅把兩個名字記在了腦海裏：「放心吧，我立馬抽出人手去接觸。」

金鼎公司的投資報告交流會定在今晚七點在萬豪酒店的中餐宴會廳舉行，從醫院複診出來，林東往家裏去了。今晚有許多人需要應酬，他打算先休息一會兒。上了床之後，不知怎的，總是心神不寧，好不容易睡著了之後，卻做了一個噩夢。他夢到一個黑漆漆的槍口對準了他的腦袋，然後只聽「砰」的一聲槍響，無盡的黑暗席捲蔓延……

林東猛然驚醒，捏了捏臉，還能感受到疼痛，深吸了幾口氣，才從剛才的夢境裏走出來。

這一醒來，就再也睡不著了。以前他也做過噩夢，但剛才的噩夢與之前做過的噩夢不同，竟是那麼真實。他起來喝了一杯水壓壓驚，腦子裏仍是重複播放著剛才夢裏的情景。

「太邪門了。林東，你這是怎麼了？」

林東自言自語，坐立不安。無論怎麼設法去使自己平靜下來，都感覺是徒勞無功的。林東依舊煩躁著。

一直等到晚上六點，他內心躁動不安的感覺仍舊無法平靜下來。

李虎已經將車開到了他家樓下，敲門進來之後，身上落了一層雪花。

外面的天色漆黑一片，加上紛紛揚揚的大雪，能見度大大降低了。在對面的那棟高樓上，一人蹲在樓頂上，手裏拿著望遠鏡，對著從住宅樓裏出來的兩個人看了一會兒。

「黑色長款風衣，身高一米八左右，偏瘦。」那人拿出手機發了一條簡訊，隨即就悄無聲息地消失在茫茫大雪之中。

到了萬豪酒店，公司裏其他人已經到齊了。穆倩紅挑了四個公關部的大美人身穿旗袍站在外面負責迎賓。看到她們單薄的衣衫上落滿了雪花，林東不禁一陣心疼，心道，公關部的女孩太不容易了。

一些被邀請來的客戶已到了，林東走了進去，上前與他們一一的握手交流。這些人當中有不少都在林東住院的時候去看過他，見他左臂上的石膏沒了，大感奇怪。

陳美玉到了之後，第一眼就發現了，把林東拉到一旁，語帶責備地說道：「林東，你怎麼把石膏拆了？為了一個交流會，你至於這樣不顧傷勢嗎？」

「陳總，我的手沒問題了，你看。」林東把左臂掄了幾圈。

「真的好了？」陳美玉也不再多問，道：「你去招呼賓客吧。」

林東點點頭，走進了人群中。時間將近七點時，紀建明走過來在他耳邊低聲說道：「除了杜部長，其他人都到了。」

杜部長是蘇城組織部的部長，市委常委之一，是李民國介紹到金鼎投資的，在林東的公司投資了不少錢。

「老杜是不是不來了？」林東問道，畢竟杜長林是蘇城的大官，公務繁忙。

紀建明道：「不會，我已經跟他的秘書通過了電話，說杜部長正在來的路上。可能是下雪天車開不快吧。」

「萬老闆，我已到位，正等待獵物出現。」

黑暗中，一人匍匐在冰冷的樓頂上，他一身黑衣上落了一層厚厚的白雪，已不知趴在這裏多久了。多年的雇傭兵生涯讓他學會了如何利用環境偽裝自己，即便現在有人從樓頂上走過，也不會發現這上面還有個人。

「杜部長，您來了。」

林東見杜長林走了進來，快步迎上前去。杜長林能出席今晚的投資者見面交流會，對於提升金鼎公司的品牌影響力是極有幫助的。蘇城的一些媒體記者也紛紛擁上前去，對杜長林進行採訪。

「杜部長，請您談一談對金鼎投資的看法好嗎？」

杜長林清了清嗓子：「我只說一句，這是一家能為民賺錢的好公司。」

杜長林在林東和金鼎投資幾名員工的簇擁下進了宴會廳，金鼎投資今年的投資者報告交流會正式開始了。

晚會由「金鼎一枝花」穆倩紅主持，她首先上台致開幕詞。

「歡迎各位能來參加我們金鼎投資公司今晚的投資者報告交流會，金鼎公司成立短短數月，在這數月之內，正是因為有在座各位來賓的鼎力支持，才有金鼎投資輝煌的今天……」

穆倩紅簡單說了一些歡迎來賓之類的話，便將林東請了上來。

林東作為金鼎投資的老總，向在場投資者彙報過去一年金鼎投資所取得的成績。那一個個令人難以置信的數字從他口中說了出來，媒體朋友們頓時就炸開鍋了，當時就有人在小聲嘀咕，懷疑金鼎投資公司作假。但坐在前面的投資者卻一個個表情如常，對此一點也不感到意外，畢竟現在拿到手裏的是看得見摸得著的鈔票。

林東講話結束之後，酒宴就開始了。

林東走到下面，不安的感覺又湧現出來。穆倩紅看出他似乎有心事，走過來問道：「林總，是不是不舒服？」

林東微微一笑，「不是。」

「咱們該去敬酒了。」穆倩紅提醒他。

林東點點頭，在穆倩紅的陪同下一桌一桌地敬酒。老杜等幾個蘇城的高官喝了酒之後就走了。晚宴快要結束的時候，一個客戶不小心把紅酒打翻了，濺到了林東的衣服上。

「林總，那邊有個房間，進去我幫你處理。」穆倩紅道。

林東隨她進去，李虎負責林東的安全，也跟了進來。穆倩紅擦了好一會兒，還是有一大塊印跡在上面。

李虎把自個兒的風衣脫了下來，說道：「穆小姐，你就別費神擦了。林哥，你把衣服脫下來，咱倆換換，我一個司機，不怕丟人。」

林東哈哈一笑，把衣服脫下來給了李虎，他則穿上了李虎的風衣。

「走，該出去了。」

穆倩紅攔住了他：「林總，你喝了幾十杯了，要不要先休息一會兒，外面有崔廣才他們呢。」

林東今天的確喝得有些多了，一直挨個敬酒，菜都沒吃幾口，但他是金鼎的老總，這種時候總不能一個人躲在別處睡大覺。他笑道：「倩紅，我沒事的，我看也快結束了，堅持一下就好了。」

穆倩紅擔心他傷勢初癒不能飲酒，就跟在林東的身後，反覆提醒他少喝。

晚宴在晚上十點的時候接近了尾聲，今天所有客戶盡興而來盡興而歸，一人拿著一個小金鼎走了。邀請來的媒體朋友也沒空手而歸，一人一個大紅包，心滿意足地走了。

「我叫人做了醒酒湯，你們過來喝吧。」穆倩紅招呼同事們過來。今晚男員工個個喝得不少，有幾個當場就吐了。林東喝得最多，頭暈乎乎得難受，穆倩紅親自端了一碗醒酒湯給他。

林東端過來一口氣喝了，李虎笑道：「林哥，你在這歇會兒，我去車庫把車開出來。」

李虎走後，林東閉上眼睛靠在椅子上打算休息一會兒。

兩分鐘過後，只聽一聲微弱的「砰」聲傳來，緊接著就傳來一連串尖叫聲。林東睜開眼睛，剛才的那一聲如驚雷在他心底炸開。

有員工驚慌地跑了進來，林東一把拉住了他，急問道：「出什麼事了？」

那人受到了極大的驚嚇，面色慘白：「李……」

這時，紀建明已經出去探明了情況，走到林東身邊，低聲道：「林總，李虎死了，一槍爆頭。」

林東身軀一震，扶住椅子：「走，出去看看。」

紀建明攔住了他：「林總，你現在不能出去，外面太危險了。」

林東強迫自己冷靜下來，在一陣陣嘈雜的驚慌聲中理清了思路，隱隱覺得，李虎多半是替他死的。

第八章

致命的打擊

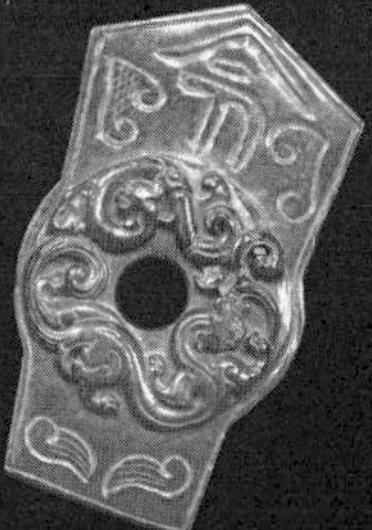

汪海以他人的身分成立了一個叫「金剛建材」的皮包公司，
他先後投給倪俊才的一億多都是從亨通地產的賬上劃到金剛建材的。
那幾張單據可以作為證據，
接下來他只要把金剛建材的底細查清楚，就可以給汪海一個致命的打擊。

萬豪酒店出動了全部保安，此刻已被保護起來。李虎躺在雪地裏，鮮紅的血液從他腦子裏汩汩流出，染紅了身下一大片雪地。幾分鐘前還是一個活潑亂跳的人，生命就那麼戛然而止。

不久之後，警方也到了。林東走出酒店，看著被員警抬走的屍體。李虎身上穿的是他的衣服，兩個人的體型又很相似，因而被殺手誤認為是他，一個無辜的生命就這麼結束了。

蕭蓉蓉走到林東身邊，指著對面的那棟高樓：「子彈是從那座樓的樓頂射過來的，離這裏大概是一千兩百米，能在今天這種惡劣的天氣環境中射中目標，並且一槍爆頭，由此可以斷定，這個殺手有很強的狙擊能力，應該是職業殺手所為。」

「他是為我而死的，殺手的目標是我。」林東沉聲道。

「我們警方已經派人去搜索了。林東，你目前的處境很危險，經市局批准，準備為你成立保護小組，由我牽頭。」蕭蓉蓉看著紛紛揚揚的大雪，內心深處洶湧澎湃，若不是李虎穿著林東的衣服走了出來，此刻被抬走的很可能就是林東。她不敢繼續想像，唯有儘快抓到兇手。

「目標已擊斃。」殺手苗強在逃離大廈之後，第一時間給萬源發了一條簡訊。

此刻的萬源，在連續幾次縱欲之後，像是垂死的老人躺在床上一動也不動。那手機的鈴音就像是一粒仙丹，當手機響起之時，他猛地坐了起來，抓過手機。

「哈哈，姓林的終於死了。」

萬源興奮地給汪海打了個電話，告訴他林東已經被擊斃了。汪海也相當高興，立即叫萬源出來喝酒慶祝，二人在電話裏約好了地點。

林東在員警的護送下回到家裏，保護小組當晚就入住林東的家裏。林東現在還住在租來的房子裏，兩室一廳，地方不大，根本不夠四個保護小組成員住。蕭蓉蓉因為是女士，單獨佔據了一間房，剩下的三名警員只能睡客廳的沙發。

高倩得知李虎被擊斃的消息，腦子裏空白一片，立即驅車趕到了林東家裏，進來一看，幾名員警荷槍實彈地坐在林東家的沙發上，還對她笑了笑。

「東，你怎麼樣？」高倩眼淚嘩啦啦往下流，她也清楚李虎的死是個意外，對方想要的是林東的命。

林東為她擦乾淚水：「別哭了，你看我，不是活生生地站在你面前嘛。」

蕭蓉蓉早知道林東有個女友，這是她第一次見到高倩，她受不了二人相親相愛的情景，扭頭進了洗手間。

「讓我爸爸好好查一查是誰幹的，非弄死他不可！」高倩止住了哭聲，臉上閃過一抹狠色。

高紅軍的大名無人不知，雖是蘇城黑道上的一把手，但早就做起了正經生意，黃、賭、毒一概不沾，警方也拿他一點辦法沒有。

這時，蕭蓉蓉從洗手間裏走了出來，面色冰冷地看著高倩。

「原來是高紅軍的女兒，難怪那麼狂妄。」

「你是誰？」高倩冷眼看著蕭蓉蓉。

蕭蓉蓉走上前去，伸出手：「你好，我是市公安局刑偵隊的蕭蓉蓉。」

高倩冷笑了一聲，伸出手與她握在一起，二人同時用力，出乎蕭蓉蓉預料的是，高倩的力氣不比她小，果真是黑道大佬的女兒，想必也是個深藏不透的高手。

林東看出二人之間劍拔弩張的氣氛，夾在中間頗為難受，趕緊打圓場道：「蕭警官，你們餓了吧，倩，和我去廚房煮點麵條給警官們吃。」

高倩和蕭蓉蓉同時撤去了力量，相視一笑。

進了廚房，高倩就問道：「林東，你老實說，那個女警是不是對你有想法？」

林東反問道：「怎麼？你就那麼沒自信？」

「才沒有，我是提醒你要經得起考驗。」高倩繃著臉道。

林東嘿嘿一笑。

麵條煮好之後，林東給每人盛了一碗，然後就和高倩進了臥室。

「倩，李虎是因我而死的，他家裏還有什麼人？」

「李虎還沒結婚，家裏只有個老爹，他媽在他很小的時候就生病去世了。」

林東道：「李虎是替我死的，留下年邁的老父，我不能不替他照顧。倩，你明天從我賬上取兩百萬給李虎的父親。」

高倩道：「我會替你辦妥的。你別太難過，兇手終歸會落網的。」

林東點點頭，他與汪海、萬源之間的爭鬥已經害了三條人命，還不知李虎的死會不會是個結尾。

「好了，不早了，我回去了。」高倩臨走之前抱著林東親了親，「親愛的，為了我，你一定要保重。」

林東鄭重地點頭，送高倩出了門，叮囑她雪天路滑，開車要小心，回到客廳，就被蕭蓉蓉叫了過去。

「聽著，林東，你現在是我們保護的對象，接下來，你的行程必須提前告知我們，由我們來安排。當然，為了確保你的安全，閉門不出是最好的選擇。」

林東笑道：「閉門不出是不可能的，放心吧，蕭警官，我會全力配合你們。」

第二天吃早飯的時候，林東道：「蕭警官，我今天上午要去公司。」

蕭蓉蓉和林東共乘一車，由許大同開車，後面又跟了一輛車，裏面坐的是周晨與譚超。他安全到了公司，蕭蓉蓉四人形影不離。

公司上下都還籠罩在昨晚的槍響之中，不少員工情緒低落，很沒有安全感。

林東將各部門的負責人召集起來開了個會，他避而不談昨晚李虎被槍殺的事情。眾人從他身上得到了信號，那就是他們的老總根本沒把這事情放在身上。殺手殺的是林東，他都不害怕，其他人還有什麼理由感到害怕？

「倩紅，你幫我聯繫宗澤厚和畢子凱，我要見他們。」為了阻止汪海繼續為惡，林東決定加快速度扳倒他。

穆倩紅起身道：「好，林總，我立馬聯繫。」

林東繼續說道：「老紀，你加派人手盯緊汪海和萬源，加快速度搜集汪海挪用公款的證據。」

紀建明道：「事情已經有了進展，不出意外，我們很快就能得到汪海挪用公款的證據。」

「好，只要有了證據，我看汪海還怎麼蹦躂。」林東握緊拳頭，咬牙道。

紀建明想起一事，說道：「咱們的人剛剛查到的消息，汪海填窟窿的錢是從劉三手上拆借的。」

「劉三？」林東沉吟道：「他沒那麼雄厚的資本，除他之外，汪海應該在別處也有借貸，你們繼續查。」

紀建明是情報收集科的負責人，最清楚汪海與萬源帶給林東的威脅，為了公司，為了上司，也是為了兄弟，他這幾日幾乎不眠不休，親自帶隊，不查出汪海挪用公款的證據，他寢食難安。

穆倩紅敲門進了林東的辦公室，見他雙眼佈滿血絲，心疼地問道：「林總，休息不好？」

李虎的死狀不停地在腦中閃現，林東一閉上眼睛，腦子裏就出現一地白雪，雪上殷紅一片。

「沒事，我沒問題。」

穆倩紅道：「宗澤厚和畢子凱我親自去聯繫過了，他們都表現出了極大的熱情，看來是很願意與我們合作。」

「好，有沒有跟他們約好見面的時間？」林東問道。

穆倩紅道：「他二人都說隨時可以。」

林東點點頭：「等我去見他們的時候，會送上一份大禮做見面禮。」

穆倩紅走後，林東把蕭蓉蓉叫了進來：「蕭警官，據我得到的可靠消息，我的對手以為死的是我，所以，我暫時是安全的。」

蕭蓉蓉微微皺眉：「林東，你什麼意思？」

為了儘快剷除汪海和萬源這兩顆毒瘤，林東不得不採取一些非常手段，而他現在一天二十四小時身邊都有員警圍著，很影響計畫的實施。

「我的意思是你們沒必要保護我了，我知道你們的事情很多，沒必要把時間和精力浪費在我身上。」

「不行！」蕭蓉蓉斷然拒絕，「在沒有抓到兇手之前，你就處於危險之中，小組就不能撤走。」

林東大為煩惱：「要我怎麼跟你說，你才能明白！我不需要你們的保護了，你們的貼身保護讓我感到非常不自在、不自由！」

蕭蓉蓉沒想到林東會說出那麼直接的話，俏臉一冷，似乎極為傷心，但仔細一想林東前後態度轉變如此之大，其中肯定有問題。

「你究竟在想什麼？」她問道。

林東道：「你不需要知道，我請求撤銷保護小組，好嗎？」

蕭蓉蓉低頭沉吟了片刻：「如果想我答應你，你也必須答應我一個條件。」

林東道：「你說。」

「我可以把其他三個人撤回去，但是必須讓我跟著你！你若不答應，一切免談。」蕭蓉蓉語氣堅決。

林東想了一想，說道：「我要去做的事情，帶著你真的不方便。」

蕭蓉蓉道：「你是覺得我這身衣服不方便吧，這個簡單，我可以換一身衣服，扮作你的秘書。林大老闆，現在沒問題了吧？」

林東微微一笑：「成交。不過我有言在先，作為我的秘書，你得一切聽從老闆的吩咐。」

蕭蓉蓉哼了一聲：「什麼都聽你的，你想得倒挺美。」

林東看了看時間：「我四點鐘出發，你還有一個小時適應角色。」

蕭蓉蓉到了外面，把周晨三人召集了起來，讓他們回局裏報到，接下來由她一個人接管林東的安全。周晨三人只能服從命令，開車回局裏去了。

蕭蓉蓉開車回了一趟家，既然要扮作秘書，就應該有個秘書的樣子。她在四點鐘之前回到了金鼎公司，敲門進了林東的辦公室，脫下員警制服的她，清麗脫俗，精緻的臉蛋上化了淡淡的妝，略施薄粉，淡掃蛾眉，唇上塗了一層紅色的唇膏，看上去熱情如火。

林東一時間看傻了眼。

「怎麼樣，我還像個秘書吧？」蕭蓉蓉扶著門框，笑靨如花，調笑道。

林東回過神來，拍拍手掌：「太像了！蕭警官，你若是哪天不想幹員警了，歡迎你來我的公司，公司的大門永遠為你敞開。」

「我有那麼好的演技，不如去當明星拍電影，到你這一畝三分地幹什麼！」

林東一看時間，笑道：「咱們該出發了。」

二人走出公司，蕭蓉蓉作為林東的秘書，大部分時間都走在他的身後，但遇到按電梯開車門這類事情，她必須跑在前頭，提前做好。

車子開到郊外，林東站在雪地裏抽了根煙，一支煙還未抽完，就見一輛陸地巡洋艦狂奔而來，所過之處，地上的積雪飛濺四散。車子在林東身後停了下來。

林東低聲對坐在車裏的蕭蓉蓉道：「秘書，你不要下車。」說完，邁步朝後面的陸地巡洋艦走去。

車裏露出一個板寸頭，戴著墨鏡，蕭蓉蓉從後視鏡裏看到了他，卻認不出是誰。那人推開車門，讓林東進了車裏。

「林東，說吧，找我什麼事？」他把墨鏡摘了下來，正是高紅軍的得力助手李龍三。

「李虎被殺了。」林東道。

「這我知道。」李龍三深深吸了一口煙。

原來，林東打聽到李虎不僅是李龍三的手下，還與李龍三是同祖同宗的家族兄弟，因而才想到借助李龍三的勢力解決一些問題。

「難道你不想為他報仇嗎？」林東問道。

李龍三一拳擂在車門上，陸地巡洋艦厚重的車身為之一晃：「虎子是我兄弟，你說我想不想！」

林東歎息一聲：「你的心情我理解，李虎的死我難辭其咎，我也想為他做點什麼。」

李龍三已經得知林東送了兩百萬給李虎的老父，心中佩服他的舉動，說道：「你已經做得很好。」

「但兇手仍然逍遙法外！」林東吼道。

李龍三扔掉了煙頭：「我知道你有事找我，說吧。」

「李虎是被誤殺的，兇手真正想幹掉的人是我。我清楚誰是幕後的主謀，但目前沒有證據。咱們都想為李虎報仇，可以合作。」林東說完，盯著李龍三的眼睛。

李龍三因為高倩跟了林東，所以一直厭惡他，以前從未想過會與林東合作：「你告訴我幕後主使是誰，我剁了他！」

林東冷冷道：「如果你只是一個莽夫，我想今天的談話到此而止了。殺人是要償命的，李龍三，你忘了高五爺的三令五申了嗎？」

高紅軍所做的生意雖然都是正當的，但免不了因為利益而與人發生衝突，使用些暴力手段是免不了的，但他明令手下人不准無端行兇，更不能殺人，如有違犯者，便不再是他的門人。李龍三這輩子最敬重的人就是高紅軍，剛才他腦袋一熱，說出了那樣的話，現在冷靜下來，明白殺人是斷不可取的。

「你找我來，肯定是已經想好主意了，說吧。」

林東從懷裏掏出一張照片，遞給李龍三：「照片上的人名叫孫寶來，是亨通地產的會計，他手裏有亨通地產董事長汪海挪用公款的證據。李哥，我請你幫個忙，讓孫寶來把證據交出來。」

「汪海就是殺害虎子的幕後主使？」李龍三問道。

林東點點頭：「他是其中之一，還有一個，東華娛樂公司的老總萬源。李哥，我敢把他們的名字告訴你，就是相信你不會做出衝動的事情。」

李龍三道：「我拿到證據後會交給你，你放心，五爺不讓幹的事，我絕不會去做。我對你只有一個要求，儘快把那兩個人渣收拾了！」

「這個不用你說！」說完，林東跳下了陸地巡洋艦，李龍三原地掉頭，往蘇城的方向開去。

李龍三走後，蕭蓉蓉才下了車，走到林東身邊，一臉嚴肅：「林東，你見的人我有印象，我勸你不要亂來，若你使用非法手段，我一樣抓你！」

雪地裏，蕭蓉蓉的臉色比雪更冷，比冰更冰。

「蕭警官，在你眼中，我就不是個好公民嗎？」林東問道。

蕭蓉蓉一時無語，她只是看到了林東與李龍三見面而已，這又能證明什麼呢。若真的是做那不法的勾當，他不至於蠢到帶一個員警來吧。蕭蓉蓉冷冷道：「人是會變的，林東，你現在是個好人，不代表以後也是好人。」

林東呵呵一笑：「那就請你蕭警官監督吧，若我真的犯了法，你也別手軟。」

高倩下班之後，特意去西湖餐廳打包了幾道林東愛吃的菜，一進門，看到蕭蓉蓉和林東正坐在客廳裏看電視。她的臉頓時冷了下來，把飯盒往桌上一放，抱著胳膊冷冷道：「林東，你給我進來！」

林東心知這下麻煩了，只有硬著頭皮跟高倩進了臥室。

「其他員警呢？」高倩問道。

林東道：「回局裏去了。」

高倩追問：「那為什麼她沒走？」

「她……」林東結結巴巴，不知道該怎麼說好。

「孤男寡女，共處一室，你們到底想幹嘛！」高倩質問道。

林東哀歎一聲：「倩，她是留下來負責保護我的，你多想了，上次獨龍想要殺我，若不是人家蕭警官幫忙，說不定我早就死在獨龍手上了。」

高倩道：「好，我不強求你趕她走，畢竟她也算是你的恩人，不過她一個外人能留下，我自然也能留下。今晚我不回去了！」

林東無奈，只好答應了下來。

「我買了你愛吃的菜，走，出去趁熱吃，再不吃就涼了。」高倩挽起林東的胳膊，一副恩愛的模樣。

蕭蓉蓉見他倆出來，把電視遙控器往沙發上一放，一聲不響地進了客房。

高倩叫道：「蕭警官，一起吃唄。」

「我不餓。」蕭蓉蓉頭也不回地道。

高倩露出勝利者的笑容，彎腰把飯盒打開，與林東邊吃飯邊看電視，不時發出愉快的笑聲。

「我已經把錢給了李虎的老父，李龍三送去的。這事由他出面比較好。」

林東道：「倩，還是你想得周全，由我出面的確不合適。」李老爹尚未弄清兒子的死因，若是知道李虎是因林東而死，恐怕會弄出什麼不愉快。

吃完了飯，林東陪著高倩在客廳裏看電視，卻是心不在焉，他似乎能感受到蕭蓉蓉此刻的感受，也深深感到夾在兩個女人中間的滋味。

也不知過了多久，高倩似乎看穿了他的心思，道：「蕭警官還沒吃飯吧，你弄些東西給她吃吧。」

高倩說到底還是個心軟的人，進門就是客，況且蕭蓉蓉對林東又有救命之恩，再鬥氣，她也不會忘了大義。

林東做了一份疙瘩湯，端到了客房裏。

「蕭警官，嘗嘗吧，這是我親手做的。」

蕭蓉蓉看到他臉上沒擦去的麵粉，笑了笑，端起碗，滿心都是溫暖的感覺。

「你跟誰學的？真好吃。」蕭蓉蓉贊道。

林東道：「疙瘩湯在我的老家很受歡迎，我很小的時候就會做了。」

蕭蓉蓉道：「難怪那麼好吃。林東，你別在我這兒待太久，免得你女朋友生氣。」

林東點點頭，走出了客房，心裏暗道，兩個都是一心為他著想的好女人啊！

第二天，林東到了公司，紀建明就來彙報，說道：「亨通地產的財務總監孫寶來出事了，昨晚盯梢的時候發現他被一夥來歷不明的人劫走了。」

林東心想應該是李龍三幹的，就說：「老紀，沒事的，那夥人與咱們非敵，不用緊張。」

紀建明聽了，也就不再擔心：「林總，我查到了，汪海除了向劉三借了八千萬的高利貸之外，他還從溪州市一個國有銀行那裏借了五千萬的貸款，那個支行的行長叫洪晃，之前也曾貸款給倪俊才。」

「洪晃、劉三，呵，這都是溪州市的名人吶。」林東對二人有些瞭解，他們有個共同點，都很貪婪，這樣的人往往比較容易拉攏利用。

紀建明笑道：「汪海找他們容易借到錢，不過麻煩倒也不小。」

李龍三一夥人沒有直接進林東的公司，而是將車開進了車庫裏，打了個電話讓林東下來。林東接到電話，立馬出了公司，蕭蓉蓉緊隨其後。

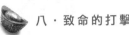

到了地下車庫，李龍三也沒下車，伸出一隻手，把那棕色的皮包遞給了林東，說道：「林東，東西給你帶來了，記住你說過的話，虎子因你而死，他的仇，理應由你來報！」

林東鄭重地點了點頭：「李哥，多謝。」

回到辦公室，林東打開皮包，裏面有幾張單據和一張紙。他把那張紙展開，上面是孫寶來的筆跡，清楚地記載了汪海在何年何月何日何時以何種理由挪用了公款。看完之後，林東也就明白了汪海挪用公款的全過程。

汪海以他人的身分成立了一個叫「金剛建材」的皮包公司，他先後投給倪俊才的一億多都是從亨通地產的賬上劃到金剛建材的。那幾張單據可以作為證據，接下來他只要把金剛建材的底細查清楚，就可以給汪海一個致命的打擊。他把證據收好，把穆倩紅叫到了辦公室，笑道：「倩紅，幫我聯繫宗澤厚和畢子凱，把他們約到同一個地方。」

穆倩紅回到自己的辦公室，分別打了電話給宗澤厚和畢子凱，約他們在小湯山溫泉見面。二人一口應了下來。

高倩在公司忙完了事情，擔心林東和蕭蓉蓉在一起出問題，打了個電話問問行蹤，知道林東在公司，這才放了心。金鼎投資有她的眼線，只要林東和蕭蓉蓉有一丁點曖昧，她在第一時間就能知道。

「林東，你下了班有事嗎？沒事就直接回家吧，我給你帶好吃的。」高倩道。

林東道：「今晚估計回不去了，我約了人去小湯山溫泉談事情。」

高倩緊張起來，小湯山溫泉是個什麼地方她清楚，去了那裏，逃脫了她的監控，難保這兩人不幹出什麼事情：「好啊好啊，我也很想去泡泡溫泉，你帶我一起去吧。」

林東知道高倩的手段，就算不同意帶她去，高倩也有辦法弄到小湯山溫泉的門票，與其這樣讓她疑神疑鬼，不如痛痛快快答應。

「倩，那你趕緊過來和我們一起去吧，我三點鐘就出發了。」

高倩對他的回答很滿意，道：「行，我馬上過去。」她跟郭凱請了個假，提前下了班。高倩開車去了郁小夏家裏，美術學院已經放寒假了，郁小夏正好閑在家裏，倒不如帶上她，到時候和蕭蓉蓉對壘也有底氣。

林東開車到了廣場，看到高倩的車，開了過去。

高倩跟在林東的車後，郁小夏眼尖，看到了林東的車裏有人，而且是個極漂亮的女人，問道：「倩倩，林東車裏的那女人是誰？他公司的嗎？」

「是個員警！」高倩冷冷道。

「員警？」郁小夏一頭霧水。

高倩道：「三言兩語也說不清楚，小夏，你要記住，你是我這邊的，要堅定立場，做好我的後援軍！」

郁小夏看出來了，高倩是吃那女人的醋了：「倩倩，你別怕，林東要是敢做出對不起你的事，我第一個饒不了他！」

到了小湯山溫泉，穆倩紅已經打點好了一切，正站在入口處迎接他們一行人，見到高倩，熱情地走了過去：「倩倩，你也來啦，今晚可熱鬧了。」

高倩與穆倩紅見過幾次，彼此十分投緣，已經是無話不談的好朋友了，見穆倩紅今天也來了，心中的石頭落了下來，把穆倩紅拉到一邊，低聲道：「穆姐姐，這裏是你負責安排的吧，我請問你個事。」

穆倩紅見她神神秘秘的，皺眉問道：「什麼事，你說啊。」

高倩道：「把那個員警安排和你住在一間房，晚上替我盯好她。」

穆倩紅掩嘴笑了笑，才知高倩來此的真正目的：「倩倩，你誤會林總了，他們之間什麼事都沒有。」

高倩道：「等有事情就晚了，我這是防患於未然。」

穆倩紅笑著點了點頭：「行，既然這樣，你拜託的事情我一定替你辦到。」

林東看到郁小夏，想起給她做裸模的尷尬一幕，訕訕笑了笑：「小夏，你也來了。」

郁小夏冷著臉，她一向與林東不對頭，冷冷道：「怎麼，不歡迎？」

高倩趕緊過來打圓場，拉著郁小夏往裏走：「小夏，咱們去山上看看風景。」

林東搖搖頭，哀歎一聲，不知哪裏得罪了郁小夏，為什麼她每次見到他都要拿話刺他？

穆倩紅走到林東身邊：「林總，宗澤厚和畢子凱也快到了。」

林東道：「那行，我就先不進去了，站在這裏等等他們。蕭警官，外面天冷，你先進去吧。」

蕭蓉蓉環視了一下四周，面帶憂慮：「林東，這裏四面空曠，而且又有高地，如果有狙擊手埋伏在附近，咱們站的位置與活靶子無異，我建議撤到屋內。」

林東想起李虎的慘死，心中不禁生出一股寒氣，不怕一萬就怕萬一，不如先進屋裏，失禮之處就先不管了，等到宗澤厚與畢子凱到了之後，晚上多敬他們幾杯酒賠禮。

「好，咱們進屋。」

第九章 東窗事發

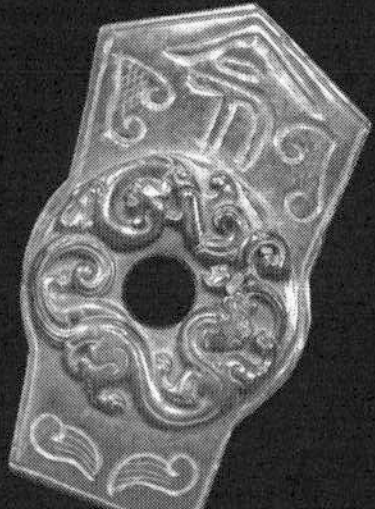

「麻煩了，這下麻煩了。」大冷的天，汪海卻熱得滿頭大汗在辦公室裏踱步。

他漸漸冷靜下來，宗澤厚一夥人要求查賬，顯然是衝著他挪用公款的事情來的，而這事情他做得很隱秘，知道的人極少。

汪海把知道他挪用公款的所有人在腦子裏過了一遍，心裏懷疑到孫寶來的頭上。

汪海走到外間，對秘書道：「把孫寶來給我叫過來，快！」

過了一個多小時，穆倩紅接到了畢子凱的電話，說是快到了。穆倩紅到門口迎，把他接到了裏面。畢子凱見到林東，大感詫異，很難想像面前的這個年輕人就是金鼎投資的老總，心中猜測林東或許是有深厚背景的富家子弟或是權貴子弟。

「畢老闆，久仰久仰，今日得以一見，林東三生有幸！」林東伸出手。

畢子凱四十出頭，中等個頭，體型微胖，穿了一身棕色的長款風衣，手腕上戴著價值幾十萬的世界名錶。他也如林東那般，說了一些場面上的寒暄話。宗澤厚還沒到，林東和畢子凱就先坐下來喝喝茶。

「金鼎投資公司的大名我早有耳聞，沒料到林老弟竟那麼年輕，現在的年輕人不簡單，後生可畏啊！」畢子凱笑道。

林東笑道：「畢老闆過獎了，我們公司剛成立，說實話只是個小公司，日後若是有機會，還希望畢老闆多多幫助。」

經林東一番恭維，畢子凱臉上的笑容立馬燦爛了幾分。

不多時，穆倩紅接到了電話，對林東點點頭，朝門外走去。林東知道，應該是宗澤厚到了。不到五分鐘，穆倩紅就帶了一個高個子的中年男人進來，那人摘下禮帽，畢子凱看清楚了他的臉，臉上的表情頓時一僵。

「你怎麼來了？」畢子凱問道。

宗澤厚瞧見了他，也是微微詫異，但見林東面帶微笑，心知這事肯定是這小子幹的。

穆倩紅介紹道：「宗老闆，這是我們的林老闆。」

林東起身伸出手，笑道：「宗老闆，久仰久仰，快請坐吧。」

宗澤厚與林東握了握手，坐了下來。

林東看了一下時間，已經將近六點，對穆倩紅道：「倩紅，你通知後廚準備酒菜。這個時間，我想二位老闆都餓了，咱們待會邊吃邊聊。」

穆倩紅含笑點頭，朝後廚去了。林東則帶著宗澤厚與畢子凱進了一間木屋，屋內陳設簡單，一張桌子四張椅子，但房中的空氣裏漂浮著淡淡的木香。三人都是有眼力的人，看得出這桌椅看似不起眼，其實都是名貴的木料打造的。

「林老弟，你和譚明軍兄弟倆也認識啊？哎呀，你不知道，我和他哥倆也有交情。」畢子凱道。

林東和宗澤厚與畢子凱聊起溪州市地面上的一些人和事，只覺世界真小，竟有許多人都是他們共同認識的。

相比起畢子凱的健談，宗澤厚的話則少了很多。他比畢子凱年長幾歲，今年已經五十了，鬢角已是一片花白，一臉滄桑之色。

菜上來之後，林東率先端起杯子：「二位老闆，林東敬你們一杯。喝完這杯酒之後，請二位老闆聽聽我肚裏的苦水。」

林東一飲而盡，穆倩紅負責為三人倒滿了酒。

「前幾天蘇城槍擊案，我想二位都有所耳聞吧，死的那個原本應該是我，但他穿了我的衣服走了出去，被殺手誤認為是我，一槍爆頭。咱們金鼎公司的崛起也就是近半年，我素來與人和善，除了與汪海有些過節，從沒得罪過其他人，汪海竟然買通殺手殺我……」

林東將當日李虎被殺的事情原原本本說了一遍，宗澤厚與畢子凱都是非常熟悉汪海的人，知道他心狠手辣，什麼事都做得出來。在聽說汪海買兇殺人之後，一點也不感到奇怪。

畢子凱一拍桌子，怒罵道：「汪海那廝，真是無法無天了！」

宗澤厚笑了笑，他相信林東所說的都是真的，但能讓汪海買兇殺人，恐怕他們之間的過節不會是像林東說的那樣簡單。

「林老弟，我聽說汪海有一筆不小的投資虧得血本無歸，那事跟你有關嗎？」宗澤厚笑問道。

林東佩服宗澤厚的睿智與城府，笑道：「宗老闆，林東不敢對您隱瞞什麼，說實話，汪海投資給高宏私募的那筆錢起初是為了搞垮我的公司，誰不想和氣生財？我也是迫不得已啊。」

畢子凱插了一句：「高宏私募的事情我也聽說了些。林老弟，真有你的，幹得好，大快人心吶！」

宗澤厚聽林東承認高宏私募的垮台跟他有關，微微笑了笑，已在心裏把他當做了自己人。畢子凱的心裏也是這種想法。

宗澤厚第一次端起酒杯，笑道：「咱們喝一杯！」

畢子凱欣然舉杯，他與宗澤厚已有多年沒在一個桌上吃過飯了，今天在林東的邀請下，兩人終於再次坐到了一塊：「林老弟，來來來，咱們乾杯！」

林東端起酒杯，碰了一下。畢子凱端著酒杯，對宗澤厚笑道：「大舅爺，咱倆不碰一下？」

宗澤厚愣了一下，隨即大度地端起酒杯，和畢子凱碰了一下，象徵著二人關係的破冰。

吃飯完之後，既然到了小湯山，自然免不了要去溫泉。喝過一場酒，關係要拉近許多，如今更是「坦誠相見」，三人的關係在不知不覺中已有了飛躍。

聊了一會兒，林東就把話題扯到了正軌上，說道：「二位老哥，今天請你們來，我可是準備了一份禮物的。」

宗澤厚與畢子凱互相看著對方，不知林東準備了什麼見面禮。

「你們可知道汪海投資在高宏私募的錢是哪來的？」林東問道。

宗澤厚與畢子凱皆是搖搖頭。

林東道：「那錢是他從亨通地產的賬上挪用的，將近兩個億的資金！」

這話一說出，就如平地一聲驚雷，就連一向鎮定的宗澤厚也激動起來，急問道：「林老弟，可有證據？」

林東笑道：「二位都是忙人，時間寶貴，如果沒有證據，我請你們來做甚！汪海這人你們比我瞭解得多，脾氣暴躁，為人苛刻，剛愎自用，雖然公司上市了，但這些年卻得罪了不少人，生意遠沒有以前那麼好做。我估摸著他的老本早就用光了，所以才走上了挪用公款這條路。」

畢子凱點點頭：「老弟對汪海的認識很到位，他的確就是你說的那樣。如果咱們掌握了他挪用公款的證據，就可以緊急召開股東大會。嘿，到時候汪海就得乖乖退位。」

宗澤厚也是那麼想的，點頭贊同了畢子凱的說法。

林東笑道：「請二位來就是要把證據給你們的。不過我要的不僅僅是汪海從董事長的席位上退下來，我要他萬劫不復！」汪海手上血債累累，林東狠下心，決定給予他毀滅性的打擊，只有這樣，才能阻止他繼續作惡。

宗澤厚與畢子凱根本不關心汪海的死活，當然，對他們而言，汪海死了更好。宗澤厚沉聲道：「林老弟，你一定是已經有想法。你說說你的想法，我們聽聽。」

林東手中握有的汪海挪用公款的證據就是與他們談判的底牌，不談到他滿意為止，他是不會輕易把證據交給他們的。宗澤厚和畢子凱都是人精，自然猜得到林東的心思。

「宗老闆手上持有亨通地產百分之二十五的股份，畢老闆有百分之十五，加起來就是半分之四十，與汪海持平。二位，我最擅長的是炒股票。低買高賣才能賺錢，不知道二位歡不歡迎我投資亨通地產呢？」

宗澤厚略一沉吟，問道：「林老弟，你要買亨通地產的股票？」

「對！不僅要買，我還要多買！」林東道。

畢子凱疑惑道：「多買是多少？」

林東笑道：「現在的亨通地產是你們二位和汪海當家，搞垮汪海之後，我希望維持三足鼎立的局面不變。」

畢子凱明白了林東的意思，他這是要入主亨通地產啊。

宗澤厚有個疑惑，笑道：「林老弟，你認為汪海會把股票賣給你嗎？」

「這個就不需要二位操心了。我把他挪用公款的證據給你們，你們二位在董事會上可勁地鬧騰，打壓亨通地產股價的事情是我的長處，當然，這會讓你們手上的股票市值在一段時間內縮水很多，不過那都是暫時的。」林東笑道。

畢子凱與宗澤厚低頭不語，陷入了沉思。過了半晌，宗澤厚抬頭道：「林老弟，我不能輕率地答應你，請給我一點時間，我需要考慮。」畢子凱也跟著附和了一句，他倆一心只想把汪海趕下台，沒想過再弄個與他們平起平坐的人進來。況且，照目前他們對林東的瞭解來看，此人要比汪海難對付，如果讓林東入主亨通地產，很可能就是引狼入室。

三人已經在溫泉裏了兩個多小時，宗澤厚與畢子凱上都不年輕了，已感到疲憊了，先後提出要回房間休息。林東也正有此意，該說的事情已經全部說完了，剩下的就看這兩人的態度了。

半夜裏，畢子凱和宗澤厚都躺在床上無法入眠，他們還在考慮是否接受林東提出的條件。

畢子凱實在忍不住了，就給宗澤厚發了條簡訊：「大哥，睡了沒？」

宗澤厚立馬就回了他：「還沒，怎麼？」

「你開開門，咱倆把那事商議商議。」

畢子凱下床穿好了衣服，離開了房間，走到隔壁敲了敲門。宗澤厚很快就給他開了門。進門後，宗澤厚遞給他一支煙：「你也為那事睡不著？」

畢子凱點點頭：「大哥，你腦子比我好使，這事你看怎麼辦呢？」

宗澤厚道：「請神容易送神難，子凱，咱可要想好了，林東可不是好對付的。」

畢子凱吸了口煙：「你說的我都知道，但有一點，亨通地產已經被汪海搞得烏煙瘴氣了，這樣下去，遲早有一天要關門倒閉。我看那林東的能力不錯，說不定可以帶領亨通地產走出一條光明大道。」

宗澤厚久久不語，半晌才道：「子凱，虧我一輩子自詡聰明，倒沒你想得透徹。汪海是狠，不過只能在窩裏橫，林東則不同，他有大志向啊！」

畢子凱道：「大哥，你的意思是？」

宗澤厚握拳在茶几上砸了一下：「幹掉汪海！」

到小湯山溫泉的第二天早上，宗澤厚與畢子凱起得很早，兩人一早就出門登山去了。他倆久居凡塵，好不容易得空出來一次，很想去山上走一走，呼吸呼吸新鮮空氣。

二人雖然走出來了，但心裏卻還想著俗事。一路上，又聊了很多，既然決定了接受林東的條件，接下來應該考慮的就是如何配合林東的行動。

二人在山頂停了下來，俯瞰四周，滿山遍野皆是被皚皚白雪所覆蓋，在太陽的映射下，明亮亮刺人的眼。宗澤厚背過身子擋住風，點燃一根香煙，吸了一口：「子凱，這或許是咱們的機會！」

畢子凱道：「大哥，什麼機會？」

宗澤厚道：「我托人查了查林東的公司，公司叫金鼎投資，是一家私募公司，成立半年左右，規模雖然不大，但是正在以一種不可思議的速度壯大。這些都不重要，重要的是他的公司有很大一部分客戶都是蘇城的高官，據說連省裏的高官也有。咱們亨通地產是拿地蓋樓的，這年頭拿得到好地皮，自然能賣出好價錢。」

畢子凱點點頭，明白了宗澤厚的意思：「如果他成為亨通地產的大股東，我們公司至少可以到蘇城大展一番拳腳。」

宗澤厚笑道：「是啊，這點是其他人無法擁有的優勢，朝中有人好發財嘛。」

「只要公司經營好，誰做大股東都無所謂，咱們能賺到更多的錢才是首要的。」畢子凱道。

宗澤厚點點頭：「走！咱該下山吃早飯去了。」

林東一早起來，穆倩紅說宗澤厚與畢子凱爬山去了。林東就立馬動身往山上走去，走到半山腰上，迎面看到了正往山下走的二人。

林東迎上前去，笑道：「二位老闆昨晚休息可好？」

畢子凱笑道：「很好很好，小湯山溫泉名不虛傳，泡了之後全身舒坦，一夜睡到天亮。」

宗澤厚呵呵一笑，昨晚他倆只睡了三四個小時，哪裏談得上好。

「早餐準備好了。」林東笑道。

宗澤厚對畢子凱使了個眼色，畢子凱拍著林東的肩膀說道：「林老弟，我和宗老闆商量過了，你的條件我們都答應了，希望我們合作愉快。」

這一切都在林東的預料之中，他沒問，就是在等對方先開口。

「合作愉快！」林東與他們一一握手。

吃了早餐，林東就把汪海挪用公款的證據交給了宗澤厚與畢子凱，二人打開一看，都露出激動的神情。

宗澤厚握緊拳頭，激動地說道：「有了這份東西，汪海就算是玩完了！」

回到了公司，林東將劉大頭和崔廣才召集了過來，商量打壓亨通地產的計畫。終於要對亨通地產動手了，崔廣才和紀建明都很激動，各自說出了自己的想法。按照崔廣才的意思，就是請媒體的朋友幫忙，讓亨通地產負面的消息傳得鋪天蓋地，股價肯定會下行，到時再從二級市場上揀肉。

劉大頭則說出了不同的觀點，林東的目的是要控股亨通地產，這樣光靠從二級市場上吸來的籌碼肯定無法達到目的，還必須得從其他管道想想辦法。

林東沉思了片刻，三個男人不停地抽煙，整間辦公室內煙霧繚繞。

「能不能想辦法從幾個大股東手裏勻點股份？」劉大頭問道。

林東腦中忽然靈光一閃，亨通地產上市已超過了三年，汪海手上的股票已經解禁，倒是可以從他身上想點辦法：「大頭的提議不錯，我們可以從汪海身上想點辦法。」

崔廣才驚問道：「我的天啊！你不會是想讓汪海賣股票給你吧？這現實嗎？」

林東笑道：「辦法總是人想出來的。」

亨通地產的業績每況愈下，公司大部分股東都對汪海很不滿，加上宗澤厚在股東中向來有些威信，所以他這邊進展十分順利。從小湯山溫泉回來的第二天，他就去了董事長辦公室。

汪海見他來了，感到非常奇怪，平時他們除了在股東會議上見面，私下裏幾乎沒有接觸，心裏猜不透宗澤厚來的目的。

「今天吹的是什麼風，怎麼把你老哥吹來了？」汪海笑道，遞了根煙過去。

宗澤厚沒接，自己掏了一支煙出來：「我是無事不登三寶殿，汪董，我這是受多數股東所托，來通知你三日後召開臨時股東大會的。」

汪海一愣，沒明白過來什麼意思，伸出的手懸在半空中：「出啥事了？」

宗澤厚又重複一遍：「三日後召開臨時股東大會，汪董，我是來通知你的。」

汪海這次聽明白了，震驚之色寫在臉上，不過轉瞬之後就平靜了下來，問道：「什麼理由？」

「查賬！」宗澤厚惜字如金，嘴裏蹦出這兩個字，說了一聲告辭就離開了汪海的辦公室，留下汪海木樁一樣站在那裏。

「麻煩了，這下麻煩了。」大冷的天，汪海卻熱得滿頭大汗，背著手來回在辦公室裏踱步。他漸漸冷靜下來，宗澤厚一夥人要求查賬，顯然是衝著他挪用公款的事情來的，而這事情他做得很隱秘，知道的人極少。

汪海摸著發燙的腦袋，把知道他挪用公款的所有人在腦子裏過了一遍，心裏已經懷疑到了孫寶來的頭上。汪海走到外間，對秘書道：「把孫寶來給我叫過來，快！」

秘書見他樣子很急，也不敢多問，立馬放下了手裏的事情，就往公司財務部去了。過了一會兒，急匆匆地走進汪海的辦公室，道：「汪董，財務部的人說孫總監昨天出差去了。」

汪海臉色黑得嚇人，孫寶來分明就是借出差之名來躲他，看來肯定是他洩密無疑。他拎起桌上的電話，給孫寶來打了個電話，準備在電話裏罵他個狗血淋頭，但不幸的是，電話裏很快傳來了對方已關機的聲音。

汪海氣得摔了電話，秘書害怕禍及己身，趕緊溜了出去。

林東這幾天一直在思考怎麼才能讓汪海把手上亨通地產的股票賣給他，以他和汪海勢若水火的關係，說破天汪海也不可能把股票賣給他，思來想去，唯有走迂迴路線。

他想到了一個人，這個人他以前打過交道，那人最大的特點就是貪財，此人正是直接害死倪俊才的劉三。從收集回來的情報來看，劉三借了很大一筆錢給汪海去填窟窿。如果能和劉三談好條件，讓劉三去找汪海要錢，汪海在走投無路的情況下，或許會將持有的股票抵押給劉三，到時候他再從劉三手裏買回這些股票。

林東覺得這個方法可行，劉三是個貪婪之人，只要給了他足夠的好處，他沒有不合作的道理。事不宜遲，他決定立即趕往溪州市去找劉三。汪海和萬源都以為他死了，林東決定將計就計，隱蔽自己的行蹤，至少可以讓那兩人放鬆警惕。

蕭蓉蓉在外面的辦公室，見林東拎著衣服走了出來，問道：「你要出去？」

「是，去溪州市。」他答道。

蕭蓉蓉穿上衣服：「好，我跟你一塊去。」

林東沒有拒絕，和蕭蓉蓉一起離開了公司，由他開車去了溪州市。到了那裏，林東進了酒店的客房之後就沒有露面，他要等到晚上去找劉三，為表誠意，他決定親自到劉三家裏去一趟。

蕭蓉蓉就住在他的隔壁，吃晚飯的時候，林東叫了酒店的送餐服務，在房間裏吃了晚飯。

「蓉蓉，我晚上要去郊區一趟。」

蕭蓉蓉冷冷道：「你現在敢這麼稱呼我了，在你家裏怎麼不敢？膽小鬼！」

林東有口難辯：「晚上你就在酒店休息吧，我一個人去比較好。不是我不帶你去，只怕被人知道了你的身分，會壞了我的事。」

蕭蓉蓉道：「我什麼身分？我現在就是你的秘書，這身分有問題嗎？」

林東一愣，道：「沒問題，那咱們九點鐘出發，你先回去休息休息吧。」

蕭蓉蓉一扭頭：「我偏不回去，就賴在你這兒了。」

林東大為苦惱，這場景若是讓高倩看見，還不得提把刀進來砍人：「蓉蓉，你別這樣好嗎？你知道我情況。唉，以你的條件，什麼樣的人找不到，何苦吊在我這棵樹上呢？」

蕭蓉蓉冷眼盯著他，眼圈竟紅了。

「你問我，我問誰去？感情可以隨心所欲嗎？」

林東被她一問，頓時啞口無言，不知如何作答，過了半晌，才道：「蓉蓉，不瞞你說，你是個人見人愛的女人，我也不例外，可我給不了你未來，我們之間註定是沒有結果的。」

蕭蓉蓉的眼淚滴落，如斷了線的珠簾，帶著哭腔問道：「林東，我哪點比不上高倩？為什麼你跟她能有結果，跟我卻不能？」

林東歎道：「誰叫我先認識她呢，這就是命運！」

蕭蓉蓉哭得更厲害了，撲進了林東的懷裏，緊緊抱住了他。林東猶豫了一下，還是展開雙臂抱住了她，任她在懷中哭泣。

過了許久，蕭蓉蓉不再哭了，只是不停抽泣，二人的身軀貼在一起，林東可以清楚地感受到她身軀的顫動。

蕭蓉蓉推開了他，一句話也沒說，回了自己的房間。林東歎了口氣，也不知還能不能和她做個普通朋友。將近九點，林東出了門，就見蕭蓉蓉也出來了。

「你這是要去哪兒？」他問道。

蕭蓉蓉笑中帶點淒然之美：「你不是說九點去郊外麼，我記著呢，走吧。」

林東一愣，隨即醒悟過來，看來他是小看這女人的氣度了。

屋裏，劉三不時朝坐在林東旁邊的蕭蓉蓉瞥一眼，只能在心裏垂涎蕭蓉蓉的美貌，也只有佩服林東豔福不淺的份。

「老弟，深夜造訪，不知所為何事啊？」劉三笑問道。

林東道：「三哥，的確是有件大事想請你幫忙。我知道汪海在你這兒借了一大筆錢，不知他答應的歸還日期是什麼時候？三哥，方便告知嗎？」

劉三知道林東的能量不小，想了想，確實也無需隱瞞，說道：「他從我手裏借了一億五千萬，答應一個月後還本付息。算起來，還有個把星期就該還錢了。」

林東道：「倪俊才你還記得吧？汪海先後投給他近兩億，後來虧得血本無歸，國邦股票的股價至今還在跌。他從你這裏借錢，就是為了去填那個窟窿。據我所知，亨通地產的幾個大股東已經知道汪海挪用公款的事情了，正在積極籌畫召開臨時股東大會查賬呢。」

劉三一愣，這次放出去的可是一億五千萬吶，可不能再有閃失了，連忙問道：「林老弟，消息可靠嗎？」

「絕對可靠！」林東笑道。

「這事容我打聽打聽。唉，我今年怎麼了，盡遇上這些個主。」劉三感歎道，倪俊才已經死了，他們這一行素來有人死債清的規矩，所以除了倪俊才抵押給他做利息的那套房子，他的本金算是全賠了。

林東不打算多說，他知道劉三打聽清楚之後會找他的，就起身告辭：「三哥，這麼晚了還來打攪你，實在抱歉，我們這就走了。」

劉三把他們送到門外，說了幾次感謝的話。

回到酒店，已是夜裏十二點，林東見蕭蓉蓉的雙目微微紅腫，不禁心為之一疼，柔聲道：「蓉蓉，好好休息吧。」

他打開房門，剛想往裏面走，卻被蕭蓉蓉拉住了手，轉身一看，蕭蓉蓉目光如火，似乎在期待著什麼。為了對得起高倩，為了不讓蕭蓉蓉日後難過，他心想長痛不如短痛，一咬牙，拿開了蕭蓉蓉的手，進了房間。

蕭蓉蓉已經做好了獻出一切的準備，林東卻拒絕了她，這讓一向高傲的她大感挫敗，進了房間，趴在床上默默流淚，枕巾上濕了一片。

第二天早上，林東起來之時，一看時間已經八點了，到隔壁敲了敲房門，半天也無人回應。他心中頓時生出一種不祥的預感，又是砸門又是大叫，裏面卻一點回應都沒有，倒是引來附近幾間房裏客人的罵聲。

林東回到了房間，蕭蓉蓉是真的走了，這正是他希望的結果，但不知為何，忽然有種失落的感覺，心裏頓時空蕩蕩的，像是失去了什麼。他在酒店吃了早飯，一個人開車回了蘇城。

第二天，宗澤厚早早起了床，找來專門為他理髮的老師傅，理髮刮臉，精神抖擻地去參加臨時董事會。他到了不久，畢子凱也到了，二人互相點點頭，坐在各自的位置上，等待會議的開始。

臨時董事會定在九點開始，汪海是最後一個到的，冷眼掃視了會議室內的股東，不聲不響地在董事長的位置上坐了下來。

畢子凱道：「汪董，人都到齊了，可以開始了。」

汪海笑了笑：「那就開始吧。」

董事會一共十五人，除了兩三人採取中立的立場之外，其他人都站在了宗澤厚與畢子凱這一邊。

宗澤厚對斜對面的魏德祿使了個眼色，魏德祿站了起來：「各位董事，今天召集大家開臨時董事會的目的，主要是請汪董事長解釋一些事情，如果大家沒有意見，那就由我來問汪董幾個問題。」

其他董事紛紛點頭，表明可以由他發問。

魏德祿清了清嗓子，開始發問：「請問汪董，近來媒體接連曝出您挪用公款的事，請問傳言是否為真？」

汪海面無表情地道：「有人想往我頭上扣屎盆子，我能管得了他說什麼？」

魏德祿繼續發問：「據我們瞭解，在過去的一年，公司有幾筆錢劃到了一家叫金剛建材的公司。這家公司的情況我們調查清楚了，是個空殼公司，這個你怎麼解釋？」

汪海道：「我也是剛剛得知這個消息，是我管理不當所致。財務總監孫寶來害怕我要查他，已經好多天沒來上班了。我在這裏跟大家說聲抱歉，保證下次絕不會再有類似的事情發生。」

畢子凱嘴角翹起一抹冷笑，汪海真是無恥，竟把屎盆子扣在了孫寶來的頭上。

魏德祿翻開面前的文件夾，把資料傳到汪海的面前：「汪董，你看看文件，希望能給大家一個合理的解釋。」

汪海翻開一看，裏面是孫寶來交給李龍三的資料，正是汪海挪用公款的證據，每一張都有他的簽名。

「我多複印了幾分，現在給大家每人一份。」魏德祿讓手下人把資料散發了下去，股東們開始議論紛紛。

汪海的臉色難看至極，他不知道宗澤厚這夥人已經拿到了那麼重要的證據，看來想抵賴是不成了。

「汪董，每一筆劃給金剛建材的帳單上都有您的簽名，您怎麼解釋？難道還要以不知情來搪塞我們？」魏德祿逼問道。

汪海硬著頭皮答道：「不好意思，各位。剛才我的確是撒了謊，再次向大家表示抱歉。」他離開董事長的席位，朝下面的股東鞠了一躬。

「汪海，你必須給我們一個說法！」「簡直就是無法無天！」下面的股東沸騰起來，有的甚至破口大罵。宗澤厚看到自己導演的這場戲達到了目的，不禁笑了笑。

畢子凱站了起來，示意大家安靜：「各位，聽我說幾句。事情已經出了，就看汪董對待錯誤的態度了。」

所有人的眼睛都盯著汪海，有憤怒，有不屑，還有開心，就是沒有同情。

汪海道：「我雖然犯下了錯誤，但是並沒有給公司造成損失，所以我建議大家念在我為公司服務多年的份上，不要追究。我保證絕不再犯。」

「這是什麼態度！」

股東們氣翻了，汪海的道歉毫無誠意，挪用了公司兩億資金，竟然還敢要求不要追究。

汪海臉上的表情一變再變，心中感歎過去的日子是一去不復返了，以前開董事會，完全是他的一言堂，而現在所有人都起來反對他。

「汪董，」宗澤厚終於開口說話了，「這兩年公司開發的樓盤大多數都成了爛尾樓，公司已經是入不敷出，靠著轉讓以前拿下的地來維持經營。你在這種情況下竟然挪用公款，這太讓人寒心了。你知不知道，兩個億可以做多少事情，足可以把咱們的幾處爛尾樓完工，足可以拿下一塊地！」

宗澤厚情緒激動，像是教訓晚輩。

汪海知道宗澤厚就是這夥人的頭目，問道：「老哥，你想怎麼樣？」

宗澤厚道：「設立董事會是幹什麼的？不是我想怎麼樣就怎麼樣。我建議撤銷你的董事長職務，接下來大家舉手表決。」

汪海一愣，心想宗澤厚這老傢伙還真是難搞，竟然要搞投票表決，這不明擺著讓他下台嘛。

「我反對！」汪海道：「各位董事，我雖然犯下了錯誤，但是早已把挪用的錢補到了公司的賬上，如果你們不信，現在就可以查賬。我認為撤銷我的董事長職務不可行，公司正在上幾個大專案，這時候把我擼了，誰來接班？」

宗澤厚一拍桌子，怒道：「舉手表絕不是我一個人的意思，是除你之外全體董事的意思，怎麼著，難道你要與董事會為敵？汪海，你不想想錯在哪裏，反而一味為自己所犯的錯誤辯解開脫，實在讓人寒心！」

汪海一愣。魏德祿大聲道：「我宣佈，現在開始投票！同意撤銷汪海董事長職務的請舉手！」

下面齊刷刷都舉了手，汪海自知無力回天，咬牙切齒地看著每個人，像是在告訴他們，你們一定會為今天的舉動後悔的！

「提議通過！」魏德祿宣佈了結果。

宗澤厚道：「鑒於汪海熟悉公司的新專案，我建議保留他總經理的職務。請大家舉手投票！」

宗澤厚率先舉起了手，不是他不想一腳把汪海踢死，而是害怕做得過猛而導致在公司內部引起恐慌。其他董事見他舉了手，也紛紛舉起了手。魏德祿再次宣佈了投票結果，保留汪海總經理的職務。

汪海面如死灰，頹然地坐在董事長的席位上。

畢子凱道：「汪總經理，你現在已經不是董事會成員了，我們接下來還有事要議，請你離開。」

汪海在董事會眾人的眼前消失了，走時步伐緩慢，像個遲暮的老人，似乎頗為不捨。

畢子凱壓抑住心中的喜悅，目光朝對面的宗澤厚投去，二人的目光在空中交匯，各自明白彼此的心思。他們等這一天等得太久了！

魏德祿臉上喜笑顏開，張口說道：「下一項議題是……」他把聲音拖得很長，目光在所有人的臉上掃了一遍，憋了半天，終於開了口：「商議一下今天中午去哪兒吃飯。」

引起一陣哄堂大笑，汪海還沒走遠，聽到這笑聲，只覺仿似一聲聲諷刺。他把拳頭捏得很緊，彷彿是要捏碎自己的手骨才肯甘休，臉色黑得嚇人，路上遇到他的員工，沒一個敢靠近他。

下午，汪海卸職的消息就從亨通地產的官方網站發佈了出來，並且通報了證券交易所。關於具體原因，當然不會說因其挪用公款而被罷職，只是說他長期肩負重擔，不堪壓力，需要休養一段時間。

第十章

桃色危機

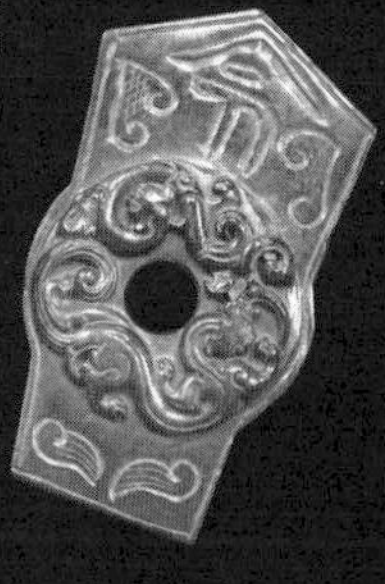

「汪海，你這個卑鄙小人，竟敢陰老子！」

洪晃破口大罵，汪海只是冷笑：

「洪行長，我也是逼不得已啊，求你都不管用，那我只能想點其他辦法了。

你昨晚的精彩表現我可全都看到了，

我想你不想被其他人看到吧，剛才說的事情是不是可以商量呢？」

劉三在得知汪海被擼了之後，立馬打電話給汪海，卻怎麼也打不通。他以為汪海跑路了，立馬召集了所有兄弟，並且請了以前道上的朋友幫忙打聽汪海的下落，折騰了半天，手下人彙報，汪海就在家裏，哪裏都沒去。

劉三懸著的一顆心總算放了下來，但轉而一想，汪海現在沒跑路，不等於以後不跑路，還是得抓緊要錢。他在心裏不禁感謝起林東來，若不是林東把汪海的情況告訴了他，他簡直不敢想像可能招致的損失。

「婁二，你多派幾個兄弟把汪海看好了，二十四小時盯著他，一有不正常的情況，馬上向我彙報。」劉三對手下說道。

第二天早上，劉三一早就起來了，帶了幾個幹練的兄弟，準備去找汪海要錢。一輛別克商務車載著劉三和他手下的四個兄弟，直往亨通地產開去。到了那裏，先與負責跟蹤汪海的婁義等人會合。劉三問道：「怎麼樣？」

婁義道：「上去就沒出來。」

劉三吆喝一聲，帶著四個小弟，氣勢洶洶地進了亨通地產的大廈，直奔汪海的辦公室去了。到了汪海辦公室的門前，走在前面的一名小弟一腳踹開了門，秘書見這幾個兇神惡煞模樣的男人突然闖了進來，驚聲問道：「你們是什麼人？要幹什麼？」

汪海聽到了外面的動靜，還沒來得及出去看看發生了什麼事，辦公室的門已被踹開了。他一見進來的人是光頭劉三，滿腔的怒火頓時就滅了，笑瞇瞇上前敬上了一支香煙。

「三哥，您怎麼有空來我這兒？」汪海臉上笑著，心裏隱隱覺得麻煩來了。

劉三接過香煙，皮笑肉不笑地說道：「老汪，你借我的錢也該到日子還了吧，我最近急著用錢，麻煩你提前幾天還吧，我會少收你點利息的。」

「三哥，這不符合規矩吧？咱借錢的時候可是定了還款的日子。」汪海自知還不了錢，只有拖延時間，然後另尋門路把錢還了。

劉三冷冷道：「規矩是我定的，我現在要你還錢。怎麼著，你是不願意？」

汪海矢口否認：「我不是這個意思，三哥，錢過些日子才能到賬，你要不寬限我幾天？你又不是不知道，我一個堂堂上市公司的董事長，還能欠錢不還？」

劉三反問道：「汪海，你還是董事長嗎？我聽說你被擼了？」

汪海終於弄明白劉三要他提前還錢的原因，笑道：「對，我暫時把董事長的工作交給了別人。你也看到了，通報上說了，我是壓力太大，需要休息。三哥，你瞧瞧，我這氣色多差，必須得好好休息了。」

「你糊弄三歲小孩呢，當我是白癡啊！」劉三動了真火，忍不住破口大罵，濺了汪海一臉口水。

汪海擦了擦臉，陪笑道：「三哥，我哪敢糊弄您啊，不信你看看，等過段時間，我肯定還會履行董事長的職務的。再說了，我是亨通地產的創始人兼控股股東，這個總不假吧？」

劉三不耐煩地擺擺手：「沒用，是美國總統也得還我的錢。」

「可我現在確實沒有那麼多現金還你，三哥，你就寬限幾日，就幾天！」汪海乞求道。

「好，我給你兩天時間，兩天後你若還不了錢，咱醜話說在前頭，別怪我劉三不顧以往的交情！」劉三拍著桌子道。

汪海明知兩天後還不了錢，卻也只能點頭答應。他認識劉三不是一天兩天了，知道此人的手段，惹惱了他，這廝敢殺人！

劉三手一揮，帶著四大金剛離開了汪海的辦公室。走到外面，公司的員工瞧見一幫黑社會模樣的人從老總的辦公室裏出來，紛紛猜測發生了什麼事情，一時間各種版本的流言漫天散播。

劉三走後，汪海頹然倒在沙發上，就連喘息也感到無力。巨大的壓力從四面八方湧來，壓得他喘不過氣來。過了許久，他才睜開眼睛，強打起精神，想想接下來該怎麼把借劉三的高利貸還上。

汪海輾轉反側無法入眠，終於在凌晨的時候想到了個人——洪晃！洪晃這人貪婪，膽子又大，關鍵是手裏管著一個大銀行，有的是錢。

但汪海轉念一想，洪晃憑什麼借錢給他？他現在的境地洪晃肯定是知道的，就算他還是亨通地產的董事長，洪晃也不一定會貸那麼多錢給他。汪海想了好久，心想只有出點下三濫的招數了。

汪海很晚才睡著，早上八點就起來了，第一件事就給洪晃打個電話。

「洪行長，今晚有沒有空？」

洪晃正打算去開會，想了想晚上的確沒事，知道汪海會玩，估計又想出了什麼新花樣，於是就道：「晚上沒安排，怎麼啦？」

汪海笑道：「嘿嘿，那就好，我聽說怡然水鄉來了幾個漂亮的姑娘，今晚有沒有興趣去玩玩？」

洪晃素來沉迷於女色，聽他一說，哪有不去的道理，「好，你安排，我下班後就過去。」

怡然水鄉是一家一院的格局，占地極廣，除了有兩百多棟非常有水鄉特色的小樓之外，更有幾條小河環繞而過。汪海來到了一個小院前，走了進去，此時雖是嚴冬，仍是滿院子的花香，各種花草爭妍鬥豔，姹紫嫣紅。

這棟兩層的木製小樓古樸典雅，從外面看上去有些陳舊，但走進卻是別有洞天，從室內裝飾到各式傢俱，無不是奢華考究之物。

汪海走進了臥室，從包裏拿出了一些攝影和竊聽的器材，分別放在隱蔽的地方。做完這一切之後，自覺沒有疏漏之處，心想網已下好，就等魚兒落網了。一看時間，已經是五點多了，就接到了洪晃的電話，說是他已經快要到了。

汪海急急站到門口去迎接。

六點不到，洪晃就到了。

「洪行長……」汪海熱情地迎了上去。

洪晃從車裏出來，看到汪海鼻子凍得通紅，道：「哎呀，汪老闆，你怎麼不進去等呢？你瞧你，凍成這樣，我心裏過意不去啊。」

汪海笑了笑：「洪行長，您能來，那是我天大的榮幸，等一會兒算什麼。想當年我在北疆當兵，那狂風暴雪的天，我一站就是半天。快請進，外面天冷。」

洪晃在汪海的帶領下進了包間，一眼見到四個如花似玉的小姑娘，頓時就笑得合不攏嘴……

第二天一早，洪晃很早就起來上班去了。汪海到他的臥室裏拿回了自己的東西，之後就離開了怡然水鄉。

到了公司，汪海把偷拍的內容拷到電腦上，打開欣賞了一段，心道：「想不到這個老傢伙精力那麼好。」他把錄影藏好，就給洪晃撥了個電話。

「洪行長，怎麼早飯也不吃就走了？」

洪晃笑道：「老汪，上班快來不及了，我很可能調去分行做副職了，這節骨眼上不能讓人挑出毛病來，必須小心謹慎。」

汪海冷冷一笑：「是啊，必須小心謹慎。洪行長，我想找你貸筆款子。」

洪晃問道：「多少？」

「不多，一億五千萬。」汪海笑道。

洪晃聞言嚇得不輕：「什麼！老汪，那麼大一筆錢我沒法貸給你。」

汪海笑道：「嘿嘿，洪行長，你別把話說得太絕嘛，算兄弟我求你的，你幫我這個忙，我不會忘記你的好。」

洪晃不是不知汪海現在的處境，直言拒絕：「沒什麼好商量的。汪海，你應該清楚你現在的狀況，誰敢貸那麼大一筆錢給你？」

「好，洪行長，那我就不強人所難了。我知道這個時候你不想出亂子嘛。」

汪海掛了電話，從影片中截取了幾張圖片發到了汪海的手機上，然後優哉遊哉地點了支煙，靜靜等待洪晃的來電。

過了兩三分鐘，洪晃就打了電話過來，從聲音中可以聽出他現在非常憤怒。

「汪海，你個卑鄙小人，竟敢陰老子！」

洪晃破口大罵，汪海只是冷笑：「洪行長，我也是逼不得已啊，求你都不管用，那我只能想點其他辦法了。你昨晚的精彩表現我可全都看到了，我想你不想被其他人看到吧，剛才說的事情是不是可以商量呢？」

電話那邊久久沒有聲音，汪海不著急，他知道洪晃已經動搖了。

過了十來分鐘，洪晃說道：「你弄幾份假資料給我，知道該怎麼做吧？」

汪海得意地笑道：「好，那就多謝洪行長了，祝洪行長步步高升。」

洪晃刪掉手機裏的東西，胸口劇烈起伏，像隻受傷的猛虎，眼睛裏透出濃濃的殺氣，心裏恨不得把汪海碎屍萬段。

劉三只給了汪海兩天時間，但貸款下來最快也得一個多星期。汪海不能等劉三上門，決定去劉三家走一趟。

對於汪海的到來，劉三顯得很驚訝，問道：「你把錢湊齊了？」

汪海搖搖頭：「三哥，時間倉促，沒法湊到那麼多錢。」

劉三怒道：「那你來幹嘛？」

汪海撲通跪倒在劉三面前，大喊道：「三哥，我來是求你寬限幾天的。只要寬限幾天，我就一定能還清你的錢。」

劉三是何許人，豈會聽了汪海幾句話就能答應緩幾天還錢，冷冷道：「汪海，我劉三向來說一不二，我讓你明天還，你就得明天還！」

汪海心一橫：「三哥，你就是要了我的命，我明天也沒錢還你。請你相信我，只要寬限幾天，我一定把錢還給你！」

「我怎麼相信你？」劉三問道。

汪海知道劉三是沒得到好處，所以才這樣，於是道：「三哥，你說說條件。」

劉三笑道：「緩幾天不是不可以，你梅山的別墅不錯，我少收你兩千萬，你把梅山別墅抵債給我吧。如何？」

汪海一直以擁有梅山別墅為傲，那是身分和地位的象徵，曾經有人出四千萬的高價他都沒賣，如今劉三只給兩千萬就想把梅山別墅收了，汪海第一個想法就是不行，但話到嘴邊，看到劉三陰冷的笑容又咽了回去。

「三哥，只給兩千萬是不是太少了？」

劉三歎道：「那就沒什麼可商量的了，汪海，你回去吧，明天我去你公司收錢。還不上錢，你就打開辦公室的窗戶跳下去吧。」

劉三是出了名的心狠手辣，倪俊才剛死不久，汪海真的害怕被劉三弄死，跪在地上的身軀不斷顫抖，猶豫了好久，別無他法，只好將梅山別墅抵押給劉三。

「三哥，我答應了，請您寬限我十天的時間。」

劉三呵呵一笑：「好啊，十天就十天。汪海，回吧，抓緊時間湊錢去吧。」

汪海站了起來，在冰冷的地上跪得太久，猛一站起，眼前直冒金星，險些站不住。

這段時間，林東在公司一邊指揮打壓亨通地產的股價，一邊又在大筆買入亨通地產的股票。他等了幾天也沒等到劉三的電話，按理說如果劉三從汪海那裏收不到錢，肯定會打電話來向他求教的。難道汪海已經把錢還上了？

林東給宗澤厚打了個電話。

「宗老闆，汪海最近可有什麼動靜？」

宗澤厚道：「汪海這幾天很老實，怎麼了？老弟？」

林東道：「他向劉三借了一筆鉅款來填挪用公款的賬，劉三已經討債了，你得把汪海看緊了。」

宗澤厚明白了林東的意思，笑道：「新上任的財務總監芮朝明和我關係不錯，今天說汪海要他在賬上動手腳，不過老芮很有立場，當場拒絕了。」

聽了這話，林東覺得更加奇怪了，汪海從哪些地方弄那麼大一筆錢？掛了電話，他剛想出門，紀建明急匆匆地進來了。

「剛得到的消息，汪海昨晚邀請溪州市一家國有銀行的行長去怡然水鄉玩了一夜。」

林東眉頭一皺，難道汪海這個時候還有心情娛樂？他立即問道：「那行長叫什麼名字？」

「洪晃！」紀建明答道。

「呵，原來是這傢伙，汪海看來是要走倪俊才的老路了。」林東已基本猜到了汪海從哪裏弄到了錢，對紀建明道：「派幾個人去調查調查洪晃，要快！」

林東急急忙下了班，下午的時候，傅家琮的女兒傅影來電話，問他能不能陪她去參加一個晚宴。林東心想晚上也沒什麼事情，況且傅家對他有恩，也就沒有拒絕，最主要的是，他感覺傅影一向與他保持距離，所以也不怕惹上孽愛。

傅母將二人送到門外，叮囑林東開車要小心。上了車，林東才想起還不知道今晚要去哪裏赴宴。

傅影坐在副駕駛座上，她今天特意穿了一身顏色稍微豔麗點的衣服，不過依舊是一副看透世事的淡然模樣，說道：「去月亮灣別墅區。」

在傅影的指引下，林東把車開到了一棟臨湖的別墅旁。

這棟別墅外面張燈結綵，掛滿了各式彩燈，看樣子像是鄉下辦喜事的樣子。傅影走在前面，二人進了門，只見裏面已經來了一群人。

幾個衣著光鮮的漂亮女孩朝傅影撲了過來，紛紛瞧著她身後的林東，在她耳邊道：「小影，什麼時候交了個帥氣的男朋友，怎麼不告訴姐妹們？」

傅影臉一紅，低聲道：「你們誤會了，我和他只是普通朋友。」

「哦，那就別怪我們了……」

其中一個短髮女孩走到林東面前，大大方方地說道：「你好，我叫金河姝，很高興見到你。」

林東和她握了手：「你好，我叫林東。」

金河姝的目光在他全身上下打量了幾番，笑道：「別站著了，過去坐吧。」她指了指客廳的沙發，那兒已經坐了幾個公子哥。

林東點點頭，朝沙發走去。這群人他沒一個認識，但金河姝卻讓他想起了另一個人——金河谷，仔細一想，這金河姝的五官似乎和金河谷有三分相似。

「哥兒們，能把傅影泡到手，厲害啊！」

林東剛坐下，幾個公子哥就圍了過來，紛紛詢問他是如何泡到傅影的。

「我想你們是誤會了，我和傅影只是普通朋友。」林東道。

「這哥兒們低調！」那幾人哈哈笑道。

「認識一下，我叫陳翔。」

「我叫曾鳴。」

「我叫狄龍，嘿，和電影明星一個名字。」

林東笑道：「我叫林東。」

陳翔、曾鳴、狄龍和金河谷四人就是聞名的蘇城四少。這幾人背景深厚，身後都有一個強大的家族。林東對蘇城四少沒什麼瞭解，所以當他們報上名字的時候，他也沒有什麼反應。

這三人見林東眼生，連名字都沒聽到過，心想或許是個鳳凰男，在心裏已將他看輕了幾分，有意無意疏遠了他。

林東本來跟他們也無話可講，見他們不搭理自己，正合他的心意。

過了一會兒，金河姝見林東形單影隻，端了一杯酒走了過來，坐在林東身旁。

金河姝問道：「林東，你真的不是小影的男朋友？」

林東點點頭。

金河姝搖搖頭：「不可能！小影從來不帶男生來參加聚會的，帶你來可是開天闢地頭一次，你怎麼解釋？看來是你們兩個串通好了不說真話。」

「金小姐，我真的沒騙你。」

金河姝道：「叫我小姝吧，別叫我金小姐，怪難聽的。」

林東訕訕一笑：「嗯，好，小姝。」

傅影被一群姐妹問完了話，總算可以脫身，立馬朝林東這邊走來。陳翔三人馬上迎了過去，溜鬚拍馬，一個個奴才相。

「他們沒欺負你吧？」傅影問道。

林東明白她的話，蘇城四少是出了名的霸道蠻橫，傅影是害怕林東被他們幾個欺負。

剛才在那邊，幾名女生已經把林東的基本情況問清楚了，得知他年紀輕輕已經是一家公司的老總，人又長得帥氣，關鍵是身上有一種吸引女人的成熟魅力，所以紛紛對林東動了心思。

這會兒，幾個女生一個個跑了過來，爭著搶著和林東搭訕。林東一張嘴要應付幾張嘴，大感頭疼，於是撥開眾女，躲進了洗手間裏，心想還是等一會兒再出去，免得被這群女人沒完沒了地問來問去。有了上次蕭蓉蓉的教訓，林東是不敢再沾惹其他女人了，早知道是這樣，就不答應傅影的邀請了。

林東在廁所裏吸了一支煙，心想也不能躲在裏面太久，就打開門走了出去，遠遠瞧見一群女人圍著一個男人。那男人身材魁梧，背對著他，林東看不到臉，只覺背影甚是熟悉。

金河姝見林東走了過來，一把抓住林東的胳膊，把他拉到那男人面前，「哥，他叫林東，是小影的朋友。」

「林東！」那男人看到了林東的臉，彷彿是做了個噩夢，一臉驚詫。

「金河谷！」

林東也大感詫異，原來他的猜測是對的，金河姝和金河谷竟然是親兄妹。

金河谷把妹妹拉到一邊，冷著臉責問道：「你怎麼認識他的？是你請他來的嗎？」

金河姝一甩胳膊，從金河谷的手中掙脫出來：「哥！你幹嘛，捏疼我了！林東不是我請來的，他是跟小影一起來的。」

金河谷備受打擊，傅影與他青梅竹馬，而他一直很喜歡傅影，但傅影卻帶著別的男人前來參加妹妹的生日，偏偏這個男人又是屢次挫敗他的林東。金河谷臉上的表情陰晴不定，像是隨時都可能暴怒。

陳翔低聲嘀咕：「瞧見沒？金大少不高興了。」

狄龍笑道：「是啊，看來今晚有戲看了。」

傅影之所以把林東帶來，一來是借此擺脫金河谷的騷擾，二來因為她心裏其實對林東有些好感。那感覺很難描述，卻是從小到大第一次體驗。

「哥，今天是我生日，你別繃著臉好嗎？」金河姝搖晃哥哥的胳膊，嬌聲道。

金河谷素來疼愛妹妹，摸摸妹妹的頭，擠出一絲笑容：「小妹，哥哥沒有不高興。走，朋友都到齊了，生日會也該開始了。」

兄妹倆並肩走到人群中，金河谷又恢復了金家少主的神態，謙恭有禮，笑道：「歡迎各位來參加我妹妹的生日會，嘿，都快八點了，我想大家的肚子早就餓了。我們開飯吧。」

傭人們將做好的各式菜肴擺上來，金河姝喜歡吃粵菜，為了給妹妹過這個生日，金河谷特意從香港請來一個粵菜名家。他對妹妹的疼愛，由此可見一斑。

為了岔開林東和傅影，金河谷在安排座位的時候，特意把男女分開，他們五個男的坐在一邊。

飯桌上西餐中餐都有，甚是豐盛。正式開飯，金河谷舉杯道：「我可愛的妹妹小妹今天二十四歲了，我在這裏祝她永遠美麗可愛，永遠都是我長不大的妹妹！」

金河姝眼含淚光，自小父母忙於生意，對她關愛不夠，只有哥哥金河谷用心疼愛、保護她，所以她與哥哥感情深。

「我們各自為小妹送上祝福吧。」曾鳴提議道，他一直對金河姝有意思，從金河姝十七歲那年就開始追求她了，但一直都被拒絕，可謂屢敗屢戰。

「我祝願小妹永遠開心！」曾鳴說完，自飲了一杯酒。

其他人都送上了自己的祝福，轉了一圈輪到林東了，而他卻半天也沒說話。

金河姝滿含期待地看著他，問道：「林東，你沒有祝福的話跟我說嗎？」

林東不是不說，而是他想說的話都被別人說了。金河姝雖然是金河谷的妹妹，但他對金河姝的印象很好，不願把別人說的話重複一遍，那樣顯得不夠真誠。

「小妹，祝你早日找到真愛！」林東想了半天冒出來這麼一句，的確，前面沒有一個人的祝福是與愛情有關的。

除金河谷之外，其他三位聽了林東的話，都不禁臉色一變。這些年，因為金河姝的美貌或是家世來追求她的男生數不可數，但無一例外都被金河谷收拾過，就連同為蘇城四少的曾鳴也不例外。

金河姝兩頰生暈，盯著林東：「林東，你的祝福是真誠的嗎？」

林東大感詫異，不就是一句祝福嘛，這丫頭到底是怎麼了？

「真心的。」

「好，謝謝你的祝福。」金河姝一臉喜色。

金河谷的目光一直停留在妹妹的臉上，他有個不好的預感，百般疼愛的妹妹可能喜歡上這個他厭惡至極的男人了。不行，這絕對不行！金河谷暗自在心裏發狠，以後一定要阻止林東與金河姝的接觸。

「來來來，林東是第一次跟大家見面，今晚一定要好好陪他喝幾杯。」金河谷舉杯道，這是他向其他三人發出的訊號，那就是要他們幾個一起上，不把林東灌醉不甘休。

其他三人也對林東沒什麼好感，這個不知道從哪冒出來的小子，竟然搶了他們的風頭，一定不能放過。

令蘇城四少沒有想到的是林東的酒量竟然那麼好，而且越戰越勇，他們四個本打算通過車輪戰把他灌醉，哪知不但沒把他灌醉，自己這邊卻倒了幾個。

原本金河姝還打算鬧騰一番的，但見幾個男人都喝多了酒，就決定結束生日會。金河谷去洗手間把胃裏的東西全都吐了出來，洗了把冷水臉，感覺清醒了一些。出來之後，聽說林東要走了，很有風度地將他們送到門外，並握手道別。

臨走之前，林東在金河谷耳邊道：「金大少，忘了告訴你，我的酒量好得很。下次再生什麼壞心思，麻煩你事先去摸摸底。」

金河谷面肌抽搐了幾下，恨不得一拳把林東撂倒在地，但他喝多了酒，此刻全身無力，連揮拳的力氣都沒有，只能在心中暗自生恨。

「別送了，我走了。」林東笑著上了車，和金河姝揮手道別。

車開到別墅區外面，傅影關切地問道：「林東，你喝了那麼多酒，要不讓我來開車吧？」

林東笑道：「傅影，你看我像是喝多了酒嗎？那點酒對我不算什麼。」

傅影驚詫道：「不算什麼，今晚白酒你就喝了不下兩斤！」

「這樣說來是不少，但你看看，我的車開得多穩。你就放心吧，我一定把你安全送到家。」

既然他這麼說，傅影也就不再說什麼了，索性閉上了眼睛。

把傅影送到家，林東就開車回去了。

第二天一早，林東準時到了公司。早上開盤之後，他去資產運作部辦公室看了一下。亨通地產的股票連續幾天都跌停，原本股價就低，現在眼看就要跌破淨值了，所以他也沒等，直接下令建倉，短短幾天，已經吸了不少籌碼。不過亨通地產大部分的股份都掌握在幾個大股東手裏，光靠他從二級市場吸入的這點籌碼想要控股亨通地產是不可能的。

原本計畫好好的，劉三如果要不到錢，肯定會找他幫忙，到時他就可以遊說劉三向汪海索要股份抵債。但現在劉三貌似並不急著要錢，至今汪海那邊也沒動靜。

下午三點鐘，紀建明找到他，說查到了些關於洪晃的事情。

「林總，洪晃前天和汪海接觸過，他們在溪州市的怡然水鄉度假區見的面，洪晃在那住了一宿，有女人當晚曾陪過洪晃睡覺。」

林東問道：「這很正常，其他的呢？」

紀建明笑道：「據那女人說，第二天早上洪晃走後，汪海曾經去過他的臥房。當時她在睡覺，只覺得汪海從房間裏拿走了什麼，但具體是什麼，她也不知道。」

林東轉著手中的簽字筆，問道：「汪海為什麼第二天早上要去洪晃的房間？老紀，試想一下，如果兩個人都是以出來玩為目的的，汪海會那麼做嗎？」

紀建明搖搖頭：「據我推測，汪海可能是提前就在房間裏放了東西，第二天早上去是為了把之前的東西拿出來的。對了，汪海好像正在準備從銀行貸款的事情，這是咱們派出去跟蹤他的人彙報的消息。」

林東陷入了沉思，哪家銀行那麼大膽，難道不知道汪海的情況嗎？他忽然找到了這兩件事之間的聯繫，對了，一定是洪晃貸款給他！據他對洪晃的瞭解，這是個極精明的人，難道汪海請他玩一次就能讓他貸款？

林東一拍桌子：「老紀，汪海這廝一定是掌握了洪晃的把柄！」

二人相視一笑，紀建明道：「我估計多半是汪海使了陰招，汪海的手裏說不定有洪晃的錄影。」

「對，我也是那麼想的。」

一切都想清楚了，汪海手裏握有洪晃的把柄，洪晃只能乖乖聽話。如果真讓汪海從銀行貸到了錢，那林東收拾汪海的計畫就落空了。

林東只有一個念頭，那就是絕不能讓汪海翻身。目前有兩個法子，一是銷毀汪海手中關於洪晃的把柄，這樣洪晃就能不受汪海的威脅；二是在汪海沒貸到錢之前曝光他手中的把柄，這樣洪晃馬上就會被革職調查，沒了洪晃的幫忙，汪海是絕無可能貸到錢的。

這些想法只存在林東腦子裏，想要實施並不容易。重中之重就是要找到洪晃的把柄，而銷毀要比曝光難很多，誰知道汪海有沒有備份。所以林東決定，犧牲洪晃，一旦找到汪海手中的把柄就立即曝光，反正洪晃也是個壞事做盡的壞蛋，死不足惜。

他想汪海應該不會把那麼重要的東西亂放，應該是放在辦公室或者家裏。但無論是進入汪海的辦公室還是家都不是件容易的事情。林東腦中忽然靈光一閃，汪海可能會把那些東西放在辦公室或者家裏的電腦裏，那樣的話，就不必非得進他的辦公室和家裏去找了。

林東想到了個人，技術部的彭真。他走進技術部的辦公室，這是金鼎公司最小的一間辦公室，整個部門至今也只有彭真一個人。他也時常以此開玩笑，說自己是金鼎公司最年輕的部門主管。

「林總，你怎麼來了？」彭真笑問道，林東平時是基本上不到這裏來的。

林東道：「彭真，你有沒有辦法侵入別人的電腦？」

彭真笑道：「這太簡單了，最菜的駭客也能做到。」

林東喜道：「那太好了，你幫我入侵一個人的電腦，找出我要的東西。」

「誰的電腦？ＩＰ地址知道嗎？」彭真問道。
「是誰的你不用知道，至於地址我也不知道。」林東道。
彭真咂咂嘴：「那就有點麻煩了，那你知道那電腦所在的位置嗎？」
林東把汪海的家和公司的地址告訴了彭真。
彭真記了下來，忽然想到還不知道要找什麼東西，就問道：「林總，你讓我找什麼？」
林東道：「不雅的視頻或者是圖片吧，具體是什麼我也不清楚。」林東從網上搜出了洪晃的照片，指著道：「就是這個人，你記住，他是裏面的主角。」
彭真道：「技術上不存在問題，但需要點時間。林總，我先下班，等我回去之後連夜幫你找。」
彭真麻利地收拾好東西，就下班去了。彭真還沒畢業，不過為了上班方便，他在公司附近租了一套房子。到了家裏，他打開電腦，然後泡了一碗速食麵，草草吃完就開始幫林東找他要的東西。
林東給他的是亨通地產公司的地址。彭真入侵進去之後才發現整間大廈共有幾千台電腦，就算他整夜不眠不休也沒把握找到。正當他焦頭爛額的時候，駭客群裏的兄弟開始召喚他了。

彭真轉念一想，是啊，幹嘛不發動大家一起找呢？想到做到，彭真立即進群聊天，不過時間還不到八點，大多數駭客都還沒上網。他在群裏也就隨便聊聊，等到了晚上十一點，才把要請他們幫忙的事情說了出來。

彭真在這駭客群裏素來人緣不錯，立即得到很多人回應。他們這群人都是駭客的精英，侵入別人電腦對他們而言是一件很簡單的事情。此刻已是深夜，亨通地產大廈裏大多數員工都已下班，處於開機狀態的電腦很少，而汪海的電腦就是其中一個，他從來沒有關機的習慣。

三十幾名駭客很快就從汪海的電腦裏找到了彭真描述的東西，影片中，那女孩清純得像顆小白菜，卻被那個禿頭老男人拱了。很快那段影片就被傳到了網上，病毒似的蔓延開來，被廣大網友瘋狂傳播。

彭真因為白天要上班，所以在找到影片之後謝過了駭客朋友就上床睡覺了，並不知道之後網路上發生了什麼。等他第二天早上醒來，打開電腦流覽了一下，才知道出事了！

請續看《財神門徒》之六　險中求財

財神門徒 之5 三足鼎立

作者：劉晉成
發行人：陳曉林
出版所：風雲時代出版股份有限公司
地址：105台北市民生東路五段178號7樓之3
風雲書網：http://www.eastbooks.com.tw
官方部落格：http://eastbooks.pixnet.net/blog
Facebook：http://www.facebook.com/h7560949
信箱：h7560949@ms15.hinet.net
郵撥帳號：12043291
服務專線：(02)27560949
傳真專線：(02)27653799
執行主編：劉宇青
美術編輯：許惠芳

法律顧問：永然法律事務所 李永然律師
北辰著作權事務所 蕭雄淋律師

版權授權：蔡雷平
初版日期：2015年7月
初版二刷：2015年7月20日
ISBN ：978-986-352-168-6

總 經 銷：成信文化事業股份有限公司
地　　址：新北市新店區中正路四維巷二弄2號4樓
電　　話：(02)2219-2080

行政院新聞局局版台業字第3595號 營利事業統一編號22759935

定價：280元　特價：199 元

國家圖書館出版品預行編目資料

財神門徒 ／ 劉晉成著. -- 初版-- 臺北市：風雲時代，
2015.04 -- 冊；公分

ISBN 978-986-352-168-6（第5冊；平裝）

857.7　　　　104003800